【茅盾珍档手迹】

书信

◇茅盾 著

桐乡市档案局(馆)编

浙江大学出版社
ZHEJIANG UNIVERSITY PRESS

前言

茅盾（一八九六—一九八一），本名沈德鸿，字雁冰，浙江桐乡乌镇人。他是我国二十世纪文学史上的著名小说家、批评家，其创作以史诗性的气魄著称，代表作包括长篇小说《子夜》、短篇小说《林家铺子》等。新中国成立后，他担任中央人民政府文化部长职务，主编《人民文学》杂志，当选为历届全国人民代表大会代表、历届政协全国委员会常务委员和第四、五届全国委员会副主席。在茅盾逝世追悼会上，中共中央的悼词称茅盾『是在国内外享有崇高声望的革命作家、文化活动家和社会活动家。他同鲁迅、郭沫若一起，为我国革命文艺和文化运动奠定了基础』。正由于茅盾具有这样的历史成就和历史地位，有关他的档案资料也就成了我们国家一份极其珍贵的文化遗产。

近年来，我们桐乡市档案局（馆）在征集名人档案的过程中，走访了茅盾之子韦韬先生。韦韬先生认为，把家中尚有的茅盾档案资料全部保存到家乡的档案馆，一是放心，二是可以让更多的人到档案馆进行查阅和利用。因此，在经过全面整理后，他向桐乡市档案馆无偿捐赠了茅盾的档案资料。这些档案资料中，有茅盾小说、诗词、回忆录、文艺评论的创作手稿以及笔记、杂抄、古诗文注释、书信、日记、译稿等原件，还有茅盾的原始讲话录音、照片等。

档案是人类认识世界和改造世界的历史记录。借助档案，人们可以了解过去，把握现在，预见未来。我们认识到，利用好这批珍贵的茅盾档案资料，让它通过各种形式为社会服务，对促进茅盾生平、思想及其作品的研究，促进我国革命文艺和文化运动的研究，对陶冶人们的高尚情操，促进社会主义和谐文化建设，都具有十分重要的意义。同时，茅盾的作品手稿，有钢笔字、毛笔字、铅笔字，字体隽秀、飘逸，笔力苍劲、潇洒，如同一幅幅精美的书法，是不可多得的艺术珍品。为此，我们桐乡市档案局（馆）在征得韦韬先生同意后，决定精心选择部分茅盾档案资料，陆续编辑出版『茅盾珍档手迹』系列丛书。

本册《书信》收录了茅盾自一九四一年一月至一九八一年二月共二百二十七封书信手稿。其中，有的是茅盾留存的书信底稿，有的是在秘书拟稿基础上加以修改的底稿，有的是写在来信上然后交秘书拟写回信的批语，这些手稿的内容、文字可能与书信正稿有不一致的地方，请读者留意。本册中的部分书信手稿由姚雪垠之子姚海天、叶子铭夫人汤淑敏、上海市档案馆和上海市图书馆等个人或单位提供，在此深表谢意！

编辑出版茅盾的档案资料，是我们桐乡市档案局（馆）开展档案编研工作，利用档案为现实服务的新的尝试。这项工作，得到了韦韬先生、中共桐乡市委、桐乡市人民政府和浙江大学出版社的大力支持，我们在此表示衷心的感谢！

桐乡市档案局（馆）

二〇一一年六月八日

目录

靖華吾兄：来此岳已兩月，尚未與兄長談，無事忙忙之生活，思之可笑。那天晚间，吾兄来寓，不巧得很，弟又有事出去了。比闻兄已遷居沙坪壩，則此後晤談之機會，似乎更少。《文陣》新一期已經出版，想来兄已收到。昨日開三期編委會，關于翻譯方面，聞兄擬譯蘇聯各民族之民間文学若干篇，已决定在三期中刊登，字數約二万左右，請兄早日動筆，並于下月五号前交稿，則最為感禱。三期之稿，存貨全無，極盼兄之譯品，撐此場面也。

又關于高尔基著作集一事，宗权兄日前曾与弟談过。目前介紹工作，既極重要，亦尚可做，弟故对于此事，認為倘能鄭重做去，於文化运动上，不无贡献。原议编选委员会一举，一方固为号召计，一方亦为郑重计，仍请吾兄鼎力相助。人选拟为兄、济之、靖华、仲实、宝权，再加沫若与我，共为七人。我不懂俄文，于高尔基博大精深之事业，实亦无甚研究，纯因书店方面以为此事在事务方面，总须有人处理，俾便于接洽各方，故允滥竽其间。兄与济之为今日俄国文学的老前辈，靖华与宝权为少壮派，故必请赞助。闻兄原现在翻译计画，注重在现代苏维埃文学，一时不及兼顾翻译高尔基著作，然第一期出版各书中，纵无兄之译作，亦无妨，请兄担任编选委员，参与选译，对外可壮声势，对内亦赖擘画。

且译来之稿，有须校勘者，兄为校勘一二，时间上不必所耗太多，而对于丛书之助力，已非浅鲜。（译得太差之稿，能否不改，故校勘之稿亦不必费力太多也。）弟亦渴望兄能允许，俾能成此一举。如何之处，能即示覆。赓平先生处近有信函否？弟方对于鲁迅之作品，久寻觅不到，甚望早日能续刊印。余上即颂

俪福！

弟 雁冰 启 一月二十三日

此生先生：手教奉悉。拙稿前此撤回，盖恐译文社
出书方针必将有革新；今得大示及乡先生信，弟往深处
一想，觉得应当仍交文社出版，同时并不应使公及彬公为
难。但此稿已在联书手上，弟且允其印行。今已出版，仍
让文社，且劝他不必因此而遭遇麻烦。望先生得便中告仲华
转告联书。弟由彼将书交与先生可也。弟来此且两阅月，
最近始译了一点。承念感感。贱夫人携此问候。　弟穆上
附函乞便中转交为荷。　三月吉

靖華兄：多時不晤，深以為念。「深仇的大焰」已

譯完，下星期二（十三日）進城帶上，倘星二下雨，則

延至星三（十四日）來。唯此書中有數処々字句尚有

疑问，擬請兄以俄文本一对。如陸是々請兄先

將俄文本放在手邊，于十三（或十四）下午一時到中

蘇文協找兄，當場就疑问部分翻檢对核，當

場修改，如果有修改之必要，故請定于十三下午（倘下雨則延為十四下午）一時在中英文協稍待為禱。匆此，順候面談，即叩

安

弟 雁冰上 四月九日夜

清閣先生：久違雅教，敬維起居清吉為頌。茲因此间戴安中学擬演桃李春风，该校同学曾向市上購此書，一時不能購得，故来向吾设法。我手邊無此書，迫不得已只好轉向台端求借。茲特为函介，並祈对于演出该剧之要点面为指示為荷。專此即請

著安。

沈雁冰上　十二月一日

肖逵：你离延前及以后所写各信都收到了。霞的意外的死，我们直到十月初，方才知道，那时你已离开延安了。我们很悲痛，虽然时时从大处远处想，极力自慰自宽，然而又白頭遭遇失掉她呢。这大概因为我们老了之故。我们却不愿你们年青人也学我们的样，你要把悲悼之情转化为学习与工作的勇气与能力。从你的来信中，知道你去张垣做技术工作，很好。我们今也要到上海去，下半年或者（若能交通方便）要到北平，我们方有机会见面。望你自爱自重，我们把你当作霞一般的爱你。此信因托人带此行，匆匆不及多谈了。祝好。

父母字　二月廿日

逸儿：去年八月以后，陆续接到你的几封信，最近又接到韩素的信，知道你一切都好，我们很高兴。霞的死，我们悲伤不能自已。日久以后，这悲痛之情，或可稍杀，但是这创伤是永远存在的。我们现在不愿意多说，以免引起你的悲痛，我们但愿你努力学习，日有进步。不久以后，希望能见你。现在你做记者，也好，做记者能使见闻广博，且有练习写作的机会。作事不能有恒是学习上一大障碍。我们也知道有时不能随心所欲专作一事，但能做一事而较专较久，自属必要。我们希望你能够久于这现在的职务，比方说一年或两年。前次听说你身体不大好，心脏不强，现在如何？年青有这些毛病，要当及早医治。从前种种条件不够，以致想到不同。下半年我们要到北平游历，那时我们设法为你医治。如果你的心脏的确不大强。我们最近要离重庆，转道香港再到上海，你有信可寄给香港来。

这是最近我们给你的第二信，第一信收到没有？余容详谈。

爸妈字　三月十三日

范先生：大示奉悉，承告前有照印霜叶红似二月花书，谢谢。照印者为李某某，乃新知影友，去年冬即知此事，曾去信，以值大宗(?)源(?)至，事遂暂搁之。

文艺春秋及大作均收到，谢谢。其所连载日前尚不能动笔，未以将一月，每日無事忙，朋友们来信都無暇作覆，俩手尚得过一时间，方能安心写作也。「园的兔子」一门西寺庆两律，就尚余数字，遂無暇续完。「文汇」之序已托友人去托，不过此友无把握，高兴其代念事，前日已催过他，容再去信催托，抱歉之之。此致 敬礼

倪□□上 六月廿二日

范泉先生：昨函想已達覽。前奉上「文憑」之「關于作者」及「譯後記」校樣，「關于作者」有十餘行須改排，務乞重排為荷。專此即頌

日祉

沈雁冰上

六月廿二日

附校樣及補充共六頁

范泉先生：来信读悉，文艺二十册收到了。文春、三春二期亦收到，谢谢。下期文春，我来不及写稿了，连两期都有拙稿，三期暂缺，四期一定写一稿（不是翻译）奉上。匆此

即颂

日祉

罗洪 上

八月十五日

曹辛兄：前托代绘之丛书封面，不知已绘就否？现在丛书即待出版，专候封面，请见示，即乞掷下为荷。稍稍费神，感谢感谢。即颂

日祉

雁冰 八月十日

盼于一二日内绘就掷下为祷。

范泉先生：譯作蒙費總編度
校讎，感謝之至。現在針亦校過一
遍了，請囑排字工友照改為荷。
封面費神設計，甚感；不知送來我
看，請尊裁奪可也。
附寄稿費收條一紙已檢入。
敬覆即頌
日祉
雁冰上 九月十九

靖華兄：昨上一牋，後又三閱月，想近況清佳，為頌為禱。近蘇聯記及其他草稿特寫，現已完稿，由開明書店出版，總名為「蘇聯見聞錄」，約二十餘万字，分上下兩冊。書已付排。憶前時兄曾數次說及，擬將此書作為中蘇文協叢書之一，而蘇方同意。現在尚無變更，希兄專函葉聖陶兄，告以此書編進中蘇文協叢書，並將應編為叢書第幾種及封面式樣等，俾開明照辦。弟南來後，倏忽經月，現已覓定住房，一切粗安，聊可告慰。賜函請寄「皇后道中、五四號，生活書店」轉可也。專上順頌

台祺

弟　　上

一月十日。

開明方面葉聖陶兄已去信，以便決定該書是否排為叢書之一，故兄信仍望即函葉先生為感。

此公左右：惠函敬悉。廣西彩調派送青年到中央戲劇學校學習一事，弟已請歐陽予倩兄辦理。俟有覆信後，再函告。此事關鍵在於劇校經費拮据及班次等問題。（劇校現尚未開辦各班）歐陽當可就此等情節提出意見也。那時自當函倩秀玫，決定辦法。匆覆並頌

春祺

弟 雁冰 上 二月廿日

祝韦韬小曼结婚之喜

我們為你倆祝福：

開始共同的快樂的生活，

建立新的美滿的家庭；

我們為你倆祝福：

在生活上，學習上，工作上，

互相幫助，互相督促，相敬相親；

我們為你倆祝福：

在新中國的建設中，

服從祖國的號召，

恭々敬々，誠々懇々，老々實々，
努力做一隻有用的螺丝釘；
我們為你倆祝福：
在偉大的毛澤东時代，
在偉大的黨的教育下，
有無限光明燦爛的前程！

你倆的爸爸和媽媽：
沈雁冰
孔德沚

適夷同志：日前匡上「子夜」的样本，均已收到。

今天我看到了「家」、「倪焕之」等五部字的排印本「文学出版社印的」，我觉得不大好看。首先是那些封面设计甚不好看，白纸封面虽然素净，然而配上那书名，看去总觉得太单调了。大抵是「家」，在書名上面橫排「巴金」兩字，很不好看；「春華秋實」比較好些，因為「老舍」兩字是排在書名的右下方的。其次是頁的行款，排得太擠了，有偏促之感。「子夜」在開明出的老五號字版本，和你們現在出的「家」同為25開，但是，版口行款不同，就好看得多了。開明版「子夜」初版是每面15行，每行40字，老五號。天馬「茅盾自選集」，每面16行，每行45字，老五號，也比較好看。我希望「子夜」的行款能照開明初版本，或者照「自選集」。如果你們從經濟上打算，認為不可，

那就乾脆你們用對互稱字，世間明乃未出版的鉅式。我們了解，那即安慰。此致

健康

瘂弦

一月九日

赫德利奇卡娃同志：

七月廿三日大函敬悉，「腐蚀」英译草稿借供 台端参考一節，已询有关方面，如何之处，即由该方直接奉覆。匆此，

并致

敬礼，

茅盾 七月廿八日

用信笺打印

捷克斯洛伐克大使馆

赫达利奇卡女士

亲爱的同志：

我很荣幸的收到您赠送给我们翻译的四种文艺作品：(一)毛主席在延安文艺座谈会上的讲话，(二)草明：原动力，(三)荷花淀(现代中国短篇小说选)(四)新中国的美术。对于女士对我两国文化交流上的贡献，甚为钦佩，特此表示谢意，并致

崇高的敬礼！

中华人民共和国文化部

沈雁冰 十二月十九日

但是前面的一句"他们人的炮火一直延转到太阳落山"，
和后面说到老妇人点上的蜡烛到天明时已经点完，
这两者连起来看，似乎说老妇人的那些动作是在天黑以后
时候做的，也还可以通了。

来信及附件（蜡烛译文）均悉。谢谢您！
原文的要害在转译的，原作者何以这样写呢？、
是否是作家（无需改动）。
一次来信所列举的那些猜度？那只有原作者
才能答覆。不过，如果我也来猜度一下，我
认为应该在上次来信所举的第三个理由（偏北）之外，
再加一个理由：天黑，老妇人未被发现，而德军的炮击
是盲目的，并无阻止德军接近桥头。
原文并未明白交代，老妇人出去时天黑了没有。。

迺夷同志：

茲送上「幻滅」、「動搖」、「追求」的校訂本。這三本，都有若干文字上的修改；「動搖」和「追求」改動得比較多些。至于思想方面，仍保存原樣。請您設法找覓的開明版「茅盾短篇小說第二集」，已託人找到了沒有？舊開明出版還存有樣書，請您向他們問問好了。

匆此並頌

健康。

雁冰　二月〇日。

附「幻滅」等三冊。

来信同志：

为工农兵服务的（毛主席指示的）文艺方针，文艺工作者应有所转变。但是照我看来，帮助你撰写令尊的遗嘱和碑文，恐怕不利于为工农兵服务来解释的。再说这碑文化会对人民国家有极大功劳者，是不配的。为了替给父亲立碑，是封建社会的所善之，与新时代的精神完全不符。因此，虽不

知识劳动。遗嘱以外，其它……遗嘱……

人是不能代劳的。请原谅。前将来信附材

即退还。请查收为好

敬礼

金江同志：

来信所询初中语文课本第二册「第比利斯的地下印刷所」一文的疑点，据我所知答复一下：

第一个地穴是在当中开得太深，见了水，因而只好作废的。

以来再开第二个。印刷所就建在后开的那个地穴中。

临街杂货·萧萧列第二是否被捕，以及临街杂货只是否

会馆的负责人……等，这些小事发现时我没向谁了解，所以不知道。

这句文字小注

中译本是根据英文的节本转译的，

用「国的儿子」……的问题，应改为有人说

俄文另译，而我的转译本可以作废。所以……

现在情形不同了。

事在一九四八年。当时我译此书，因为当时懂俄文者不多，忙得无暇多译文艺作品，我故借是我转译，聊以……以后经……吧。

這樣，

由他人補解，我所缺少的那部分，根本是用不着了，

安頓

因此，我始終保有

通過他人補綴。

結記

（鹤庭）

朝霞同志：

来信所询关于朱自清选集的罗马和扇一文选集的艺术底思想两篇的问题，已悉。而有关一篇文章对于济慈墓铭都是对的。济慈自称他的名字是写在水上的，这是朱自清直接引用了墓铭的文字而加以说明。「速朽」——不但何名垂千古，扇一文的那首诗却恭维济慈是不朽的诗人，所以说「你的名字没写在水上，但（而是）铸在圣朝的宝鼎上了」。这一句是扇一文的譬喻，并不是济慈的名字真正是「铸在圣朝的鼎上的」。你连两篇文章像有看错，所以有此误会。

此覆　並致

敬礼

四月九日。

戴揪霞：

我所说的是指我访问苏联时所听到的。我访问苏联是一九四七年五月—八月，已多为什么许广平所听来的，和我所听来的不同，想来是一九四七年引导我参观的那位译员，和一九五五年引导许广平参观的译员者是一个人。但你以为是同一译员所说这件事也不同了吧？究竟那一个对呢？要我不能答覆，或者是二而四七年替我翻译的人把话翻错了。但这也无从查究了。

周谦身同志：

来信收到。询问初中语文第二册十八课「第比利斯的地下印刷所」一文中的两个疑点，解释如下。

开头第一个地下室并不是之前计划的，挖出水来，而是偶然的。但何以不填而又去开第二个呢？查那年参观时，讲解员说「不知道」。讲解只说第一个已作废的。

辞退之人是照防泄漏秘密，但辞退之人的籍贯是本地人，手工时间是在第二个开了以后。

课此段叙述有误，第二个不实出者，应为「实出」，要叫去字。

但细之，其实此段只是叙事叙述，别无深意，不必多所穿凿。

毋需并致

敬礼

第一問與第貳問：我不能代替作者解答，但第一問，看原文，並及與前文，我覺得還是符合情理的，因爲小說中的「我」一時想不到應是指的是什麼。

第三問：所以那時不講，因爲要留出第二天女傭人面前講。

第四問：「我不要……」，原文未完，而被小說中的「我」搶着接問的那一句打斷了，所以「我不要……」是我，只能猜想，大概是「我不要打它」之類罷。

第五問：老婦人是從外面來的，上文說：「在他之後，又來了一个老婦人……」，說得非常明白。

宋永安同志：

来信所询关于《腐蚀》中的两个问题，简单答覆如下：

一、希强和小昭是否是一个人的问题：希强和小昭不是一个人，小昭是她的第一个丈夫。二、第一篇日记说希强和小昭分别好像一年多，因她过去说在一年前的今天生了一个孩子，为什么在十月二日又说五六年不见了？~~小孩是希强所生~~ 你因此以为书中所记年月是错了。事实：书中所记年月并没有错，因为赵惠明和小昭离开有五、六年之久，而小孩则是希强所生，不是小昭生的。

此覆 並致

敬礼

李启同志：

来信收到。你说你想创作剧本，也研究了不少有关书籍，对人物的刻划也有较大的信心和决心，但你现在还只是希望设计剧本，未经过实践，没有成绩证明，所以领导上不能将只是有志于写作而还没有创作经验的人，调到创作工作岗位上，专门从事写作。积累经验是必经的；如果那样做是不对的，只有在他已经有了写作成绩时，才能改变他的要求。请考虑研究。

你说有志于此，可以业余时间练习写作，并且应当从小型开始，取得经验后，我们再从事于大型的作品。

致

敬礼

此事可。欢迎印度艺术团明年来华，互交换或互赠映选影片。

周恩来 十、廿一

总理：

十九日下午紫光阁酒会上，我和印度外交部秘书长皮莱谈时，皮莱询及我国艺术团访印事，并说明春印方将再派一艺术团来。

今日（二十）上午得总理办公室电话通知，尼赫鲁将于二十三日下午和郭老及我谈科学、文化方面。因此我想起：在这次谈话时，我方是否可以提一提我国与印度交换影片的问题。近年来，我国影片在印度公众间颇受欢迎，但因种种关系，放映不够普遍。而于印度影片虽有些好片，我国亦未普遍。最近虽举行印度电影周，（九月二十三日）

二十九)、在全苏放映「暴风雨」、「流浪人」、「两皮哈的土地」、(最后一片曾在捷克国际电影节获得「争取社会进步奖章」)三部长片及不部短纪录片,颇为苏方电影艺术工作者所重视,认为思想性艺术性都具一定水平。照这样看,倘若交换,印方亦有适合于我方放映的好影片。如果交换影片成为事实,对于我方影片在印度扩展放映圈一事,当可有所裨益。但此事是否可以在和尼赫鲁谈话时看情况提一提,敬请指示,以便遵行。此致

敬礼。

沈雁冰 十月二十日下午

曾广超同志：

来信所说的主题是可以写的。但你的取材与结构（即信上所述）是有问题的。例如你说：棉花到美国织成布……与实际情况不符合，因为从前也有美棉运来中国，不只中国棉花输出。又棉花到美国织成布输来中国，又卖给地主……运来地主之又……以这件农衣作工价给农民……这也太巧合了，不可信也。太巧合，便损伤了真实感。

你如果要用那主题来写作，就必须另起炉灶，[redacted]的来信内大纲不能写出深刻的作品来。

此复互勉：

张以

敬礼

光秘书撒霞霞小小夜夜是青夜的意思，言那时正是极黑暗的时候，但这也是青夜，则离天明也就不远了。

留给总理抽暇阅

陈毅 一·七

抄给比较亲近的一个假的书记

林枫主任并转习秘书长、周总理：

世界和平理事会常委会将于本月十八日开会，领导上要我出席，因为我是"世和"常委之一，论理，我应当没有二言，遵命出席；但是我有些情况和意见，亦不应当隐匿而不报告：

一、为了全面地批判胡适思想，中国科学院和作家协会布置了一系列的讨论会，已开过一次，此後大约每週要开会一次。参加这些讨论会，对于提高我的思想水平是有极大的好处的，如果出国，就不能完全参加。再者，在批判胡适和红楼梦研究这一斗争中，我还没写文章，现正在研究材料，准备写；如果出国，这又要搁起来，至少是要推迟了。

二、公开讨论、批判胡风的文艺理论，即将在本月内展开，领导上要我写文章，在讨论展开时发表。要批判胡风，大约要看五十多万字的材料（胡风的文章又是很难看的）。这件事又是不便推的。

三、文化部正在讨论各局、司的工作计划。虽然，决不会因为我的出国而就使得文化部各局、司的工作计划的研订受到影響，但是，从我个人说来，参加讨论过程，对我有好处。因为，参加了讨论过程，较之仅仅本次阅读已定的计画，于认识的深度与广度，是大有不同的。

以上三事，放在别人身上，大概是不成其为问题的，实在也不会因为出国一次而弄得两头都抓不着；但在我这样既鲁钝而又衰朽的人，就觉得顾此失彼，惶迫万状。另一方面，我又自知自己笨嘴笨舌，政策水平又低，出席「世和」常务会议，在表面看，总该国内有个人出去，显得郑重，而在实际上，增一个我，并不会把工作做得更好。

我要报告的情况和意见，主要的就是这些。至于出不出去，听候总理决定。

同时，我还有一个不知高低的建议：「世和」常务会议经常举行，（每二、三个月一次），我占了常委名额（中国方面的），实不相宜，可否在下次的「世和」理事会全体会议时另提一人替换，庶几公私两利。

我不揣冒昧，打搅总理的时间，还有一点意见报告：

五年来，我不曾写作。这是由于自己文思迟钝，政策水平思想水平低，不敢妄动，但一部分也由于事忙，不善于挤时间，并且以「事忙」来自解嘲。总理号召加强艺术实践，文艺界同志积极响应，我则既不做研究工作，也不写作，而我在作家协会又居于负责者的地位，既不能以身作则，而每当开会，我这个自己没有学術實践的人却又不得不鼓励人家去实践，精神上實在既惭愧且又痛苦。虽然自己也知道，自己能力不强，精力就衰，写出来的未必能用，但如果写了，总可以略略聊减轻内疚罢了。年来工作余暇，也常常以此为念，去稍稍有点计画，陆续记下了些。如果總理以为还值得让我一试，我打算在最近将来请一个较长期的写作假，先把过去陆续记下来的材料理出来，写成大纲，先拿出来请领导上审查。如果大纲可用，那时再请给假（这就需要较多的日子），以便专心写作。

这几天，總理特别忙，而我却拿这些小事来打扰，實在是极不应该的。但一想，与其隐匿不言，还是直提陈情为好，因此就说了那么多。此致

敬礼。

沈雁冰上 一月十日

我今日和沈见面谈话，他谈了此问题，又交了此信。我不了解情况，不知是否可以不去的，

[illegible]

来信所提的那篇文章是否我写的、但也可能是把我的文章改换题目、书贾射利以骗读者、在从前，上海常常见过这样的事。你如果把内容对一对，就可以知道。

外交部蘇歐司：（蘇歐(一)55/124号）

日前接到伍司轉來我駐蘇大使館送回的蘇聯外交部副部長費德林給我的一封信。現在送上我的回信並書三本，請一併送由我駐蘇大使館轉交費德林副部長為荷。此致

敬禮。

四　素朴性（自传）、作为自传性的作品来看，问题、一个泡、模糊的
缺三是纪实的，首先，这个"我"的性格就不明显，也是一个有模糊的
这个"我"而经过的一个环境，
轮廓、周围的人物，
也缺乏详细的交代，
字迹、数年、容貌、宜有描写；

简之间几乎没有对话的所有这一切，
值得这部稿子还不能说是作品，而
只是一种素材。即以素材而论，来看
个人的力量，写的很多，时代、环境
对于个人（即这个"我"）的影响，则不明显，
或写得非常概念化；如果照这样写为小说，那就失去一种
艺术性而都缺乏，因而不会有教育意义作用。
产生期待的

四、我同別的工作組們，前把來稿看了一遍，把初步印象告訴你，作為參考。來稿退回、

三、解放前你的經歷，正如來稿所記，十分平凡，你有什麼教育意義，而你寫得那麼長；解放後，你在朝鮮部隊一段工作和生活，是我們關心的，卻是最主要的問題中少，但你寫得很少，且不具體。這是沒有把材料的輕重給予適當的衡量、

关于以上，我看来，应当去说：关于此，我以为没有什么象征的意义。自然，我们也可以这样说，黑色是西方丧家的风俗，喜字是红，如果在这里说着那人披了块白围巾，红或绿的围巾，都不关乎墨上的合适，但除了这样的属于如实描写技术上的意义以外，不应再去硬找什么象征。

先拟复，要点如下：今年五月底来信，适值出门未归，一时未覆，以未能应付，抱歉之至。原作的草稿，乃二十年前的旧稿，当时书店出版，限期交稿，以三、五天时间草草写成，但觉直感，疏漏甚多。数年前有读者来信以书例引用马列主义及毛主席著作为此书最大错误，不合时代要求云云。因此，我早已请求学生出版社不必再印。即既出版社希望我能按照新的学术写作的方法的情况，将原书修改，无奈我目前正在写作一个长篇，一时抽不出时间来，而假期届满以后，行政工作、社会活动亦相繁重，近亦无此时间。此种情况，尚请鉴谅为幸。

请保

敬爱的库尼迦先生：

八月三十一日来函，我于九月二十三日方才收到。不知何故，稽延至如此之久。因此，我到今天才能作覆，恐一定很使您盼望了；这是要请你原谅的。

印中友协打算出版定期刊行《印中季刊》，这是个极为令人兴奋的消息。我相信这个季刊对于增进中印两国人民友谊，必将有极大的贡献。承您邀约我为这季刊贡献我的微薄的力量，（写一篇小说），我是很感荣幸，而且极愿效劳的。但是十分抱歉，短期内，我还无法应命，因为我正忙于写一部比较长的东西。

我衷心地祝贺这季刊在您的指导下将获得巨大的成功，并祝您身体健康，

此件系译为英文。今天到要、廿五日、

简单答覆如下：(一)我自己不能记得《雷雨前后》的写作年代，但确实记得不是一九三四年以前的作品。李广田以为是写于一九三四年，是比较近似的推断。你们如果要确定此篇写作年代，可以查一九三〇—三五年上海出版的进步刊物。因为我记得此篇是在上海刊物上发表的。

(二)一篇带着讽刺性的散文，它的政治意义只能从全篇要旨上去推求，而不能从篇中一字一句去"索隐"。在这意义上，我觉得李广田的解释是基本上正确的。因此，我不赞成你们所提的问题，即关于"太阳"、"巨人"……之等等的寓意，并且我认为你们也要在解释这篇的意义时指出，有些人喜欢猜度

「峽谷」指什麼，「蒼蠅」指什麼，而且覺得這些詞完全覓得不到解答，那麼，這篇東西就說不清楚——這樣的研究方法是不對的。這總是唯心主義的文學批評家（或注釋家）用的就是這個方法。但丁的「神曲」開頭寫到三獸：狼、獅、豹。以來的注釋家對於這三種野獸究竟所指，爭論了數百年，還是沒有結論。我們不理會那些繁重的注釋，一樣可以欣賞「神曲」。我舉這個例，並非把「雷雨前」和「神曲」相比，「雷雨前」是篇小品文，而且寫得也並不太好，怎能與「神曲」相比？我舉這個例，不過說明「索隱」式的研究方法是鑽牛角尖，無補於認識作品的基本意義。因為我自己也碰到「雷雨前」讀者就「峽谷」等細節提出詢問，覺得把散文（一篇）當作政策性的文件來讀，好像已成為風氣，而這「風氣」是有害於欣賞、理解文藝作品的，所以乘此機會向你們陳述，希望你們能有所指正。

「戰爭」是根據英文譯本轉譯的。英譯本發表於英文「國際文學」（「莫斯科出版」），即今日之「蘇聯文學」之前身，那已是二十多年的前事了。我知已沒有登載該英文譯本的「國際文學」，故無法與英譯核對。但該英譯本也是依節略的，故該書現如果重版，最好和俄文要求對校。

「轉直」

◎◎◎

（承前页）我的意见是：「战争」仍是吉洪诺夫的代表作，现在既在苏联，也不大有人读到，因而，现在若费太大力来据俄文原作校订补译重版，似乎是不需要的。请你们先弄清「战争」现在是否仍在苏联印行，然后再决定要不要重行我这译本。如果苏联仍在印行「战争」，则我建议你们找一本俄文本来，和我的译本对照一看，只要没有大出入，则删节处不补，仍以节本形式重版也可以（要我要从何，这是据莫斯科出版的英文译节本转译的）。如果苏联现已不印行「战争」，那么，我们也不必再版这个节译本了。

文贝学：你送的诗稿，和宽河的歌声，都都读过了。现在把我的意见简单写在下面：(1)你的这部稿子包括二十首诗，在南北安庞水库工程来，全面反映，你这在当是好的，但是(1)，这些诗，严格说来，都不能说是诗，而只能说写的散文，因为(2)，这组诗中的抒情诗中写的那些诗句是干巴巴的，而那些叙事诗性强的诗，也缺乏形象的描写，不能引起读者的共鸣。比较起来，《开闸的时候》一首稍稍有些形象描写，③可是也还不够。④，你是在安庞水库工地干过，你有生活，但是，能力你还没有能够把这些生活用形象的语言表现出来，即把生活的感受写成诗。所以然之故，恐怕你还不能发挥想像力，并且你的词汇也贫乏。你的诗句一般都能达节奏感。我这样说，也许你要灰心吧。不要灰心。文学创作本来是艰辛的精神劳动，不能设想一写出来就好，而要千锤百炼，慢慢地写好起来。我因事忙，[illegible]谈，这封信只能这样简短，请你原谅，并祝你进步。原稿附还。

帅宗苍同志：

来信收到，关于杨州里坊的地下印刷所一文中你所提的疑问，简答如下：

一、地下印刷所是在作为厨房用的地下室（那不是秘密的）的下边，中间隔着一层两公尺厚的泥土，这是文中已经交代了的。

二、地下印刷所的面积，比作为厨房的地下室面积，要小些，而四角的通气孔和火炉的烟囱，都不是直通到地下室内，而是斜通在墙壁外，（当然，有伪装，使它们不容易找见），所以作为厨房的地下室内是平平的泥地。

三、在该文的第八段，说明地下印刷所上面盖了木板，再铺上两公尺厚的泥土，于是在这上面再盖房子。因此，地下印刷所的通气孔等之所以能够不露痕迹，当然是可以推想而知，行文时可以省略。因为，该文是一篇记叙文，而不是地下印刷所的构造说明书，如果用对于

從明书的要求去要求一篇叙记文，那就使得
叙记文不成其为叙记文了。像这篇文时，
主要是了認識革命軍動員地下活動時
期的艱苦，那些突击加革命的人冒着極
大的危險，还要用智慧創造出隱秘的巧
妙的宣传方法（以教科书了掩护宣传），有
趣，有不少的小学生写信来問我，都是住
意那些細節（地下室構造的细节），和
你一樣，而不去認識这篇文章的主要的
教育意义，这是不对的。好象，

计划既是长期，则阅读文艺作品以及艺术理论、阅读马列主义书籍，也应当是长期的。你的计划只是第一、二、三月有上述的阅读计划，所以你就是较粗计划，是不够的。最好你先制订一年的计划，而也一年的计划可把阅读和写作结合进行。写作也可以指对于阅读的心得。从来信看，你的写作能力还须提高，而且思考问题分析问题的能力也须提高。从来信空话多，就是你的弱点。学习写作，首先第一是要避空话，要使文字精练。

×××：

来稿已经读过了。老实说，你这稿子有下列的大毛病：(1)体裁上像旧章回体，可又有些像新式的小说，很不调和；(2)文言和白话夹杂，文句不合文法处也很多；(3)就完稿程度而言，这不是小说，而只是一篇小说的草稿。由于以上的毛病，我不能像你要求那样把这篇稿子推荐给中国青年报。兹将寄还。此致

健康

①「幻滅」中的靜和
慧都不是革命者、
②方羅蘭的那
个党就是一九二七
年的國民党。
③書中人物都
不是真有其人的、
④這个人物(慧)的性格是所常發
掘而矛盾的、在那時候、(那
是一九四〇年頃了)這
樣的性格有典型性。

五月二十八日来信及附稿均已读过。对于你的这篇短篇小说，我的意见如下：

一、文字通顺，故事也还写得清楚。但作为一篇小说，不但要文字通顺，而且还要求有表现力，可惜你这篇东西还没有。在故事上，不但要条理清楚，还要求曲折，平铺直叙缺乏吸引力。你这篇小说的故事是平铺直叙的。

二、没有写出人物的個性。你只写了事件人物的一般的形象，而且是粗糙的，这个形象和别的许多雇工人物的一般的形象並没什麼不同，这就叫做没有个性。没有个性的人物不能叫人看后有深刻的印象。

学习写作没有秘诀。要多读多写。看来你是勤写的，但还应当多读各种的文艺名著，读完一篇或一本后，要自己问自己：好在那里？要分析它的结构和人物描写等等。

作协有一个青年创作部，你可以写信和他们联系，取得他们的指导。 原稿退回。

「古田诗草」和「四年月诗选」早已收到，可是，信

既没有信附在原稿里，也没有在原稿上写个通讯

地址，因而一直无法处理。昨日接到您在五月廿日寄出

我们正苦得毫无办法，幸而的信，总算在信封上

找到何华的地址。现在我写这封信告诉你：

诗稿我抽读了几首，从整体说，没有多少诗的味道。我

每日都为行政工作和社会活动而十分忙碌，真是

没有时间读完这样两大厚册的诗稿，自知更

甚至于我详细分析这些诗的缺点了。十分抱歉，请您原谅。现在我把您的诗稿交寄给《诗刊》编辑部，使他们或许可以给您提些比较具体的意见。请您直接和《诗刊》编辑部联系罢。

其芳，

刘或同志：

你六月十日的来信收到了。你想以你县合作化初期为背景写一小说，很好。农业合作化运动是我国农村的一次伟大的革命运动，这里一定有许多题材值得写的。你问这样一篇小说是否还会有用？我认为这主要看你写出来的作品是否真实地反映了现实（当然这里包括了艺术的概括）。

太机械，那就……

我想提出一点来请你注意：就是关于人物个性的塑造。如果人物写不好，弄成概念化，那么小说就可能变成政策的图解，那就没有意义了。

至於從何写起，这是没有固定规则的。你完全可以按你自己认为最好的方式来开始。

匆复，即祝

好

殿兴同志：

六月十七日来信和「夜收之夜」稿都收到了。现在把我看后的意见写出来，供你参考。

你的这篇小说，企图通过抢收麦子的夜晚，事实上表现农民为了生产连自己孩子生病也不顾了，互通过甲的母亲怎样照顾仲明的有病的孩子，来表现新社会里人与人的关系。

这篇小说的主要人物是甲的母亲，可是这对于这个人物的刻划。

在情节的安排上，也有问题。你在开始时写

甲的母亲在仲明家，而且仲明的孩子生病了，你写她

到仲明家里，作为文写暴风雨来了，人们都去抢收麦子，剩下老太太一人看

守孩子，作这样的铺叙，就不能把事情写得紧，而且那场暴风雨在

这文章里就没有起到甚么作用。

如果你一开始就写那位老太太心里怀念仲明的生病的孩子，而暴风雨来了，于是她想到仲明他们这时一定更着急，于是她

两个人的家去，那就会紧凑得多。

人物描写也要从人物的行动中来表现人物的内心活动。你这篇小说，

善良，担心的老太婆也看不到

只是一个故事，而且是粗糙的故事，从中看不到有人物描写，

活动，但不能张开……

这是最大的毛病。

……

再说故事的细节方面，也有值得推敲之处。例如你写

③老太太是看守孩子，孩子的病没有甚么变化，因为又忍不住出来看顾孩子，但最后荒见她去找医生去了，而且她看守孩子的期间，为甚么老太太会去请医生呢？这些情节的获得是突然的，脱了节的。

四、有的地方交代得不明白：例如"向仲明夫妻二人说……""仲明跑进屋里说……"前面的"仲"字呢？还有"龙太太说话"，并没有出去，怎么突然又跑进屋来说呢？又如"兴甲跑来对仲明说……"兴甲不是也在屋里吗？怎么又跑来呢？他从那里跑来呢？

五、整篇的文句不够生动，只有"大风狂着麦浪奔来了……"一句还富于形象性，但这里的"狂"字是不妥当的，不如用"卷"字。

……我觉得你现在用文字表达思想的能力还很差，……我劝你在业余时间多看些作品，多多地培养自己的写作能力。原稿附还。

因为这不是一个创作的问题，而是看你怎样努力的问题。

祝

健 张

中央美術學院華東分院办公室並轉趙

宗藻同志：

六月廿七日来信收到。關於鲁迅和我给红軍賀長征勝利電報的具体経过，我現在都已经记不起来了。同时，我是反对把我的画和鲁迅画在一处的，因为我不配和他画在一起。這是纪念鲁迅的作品，不應當给人們一個不相稱的印象。因此，我認为这个题材，如果赵同志要用，只画鲁迅一人也就可以了，或者另外找一个题材。

如赵同志来信所指出的时间地点、事件、场合，我的穿的是什麽衣服等等，

匆此奉覆，顺致

敬礼

我也以为白老师的看法是对的。画瓶子的插曲是用以烘托当铺前的混乱，并用以指出在旧社会那个时期，人人为生活的重担所压，为生活而挣扎，更且缺少对人的同情心。就是这样的烘托作用而已。

[illegible]

◎◎◎

（接前頁）如果每一定要在這個舞曲或人物身上找什麼階級性，思想性，那是鑽牛角尖，而是能虛心信而、理解作品的正確方法。

的其次，是高作品中的次要人物，（即如作品主要故事價係多，而且情況的也比較複雜而是的），那些就不去別論，那就是說，是有一定的階級的，而且是階級性的。

[這些次要人物在身的故事]

[有階級]

[這个人物的理想，並無內容，]

来稿一卷《青鬼》、《金牙》，读过了。作为一篇小品文来看，还不够成功。但是，从这里，我看出作者颇能刻画形象，文字相当生动流畅。如果作者时时练习写作，不要染上公式化的八股味的文风，作者是有希望写得更好的。

作者来信说：——人的批评，往往有不中肯的，主要方面，说是来一套公式的说法，说空洞的套话了。

要我给作者坦率地批评作者，直一点不妨。我谢谢作者这样的好意。可是老实告诉作者，要是我把作者这样的不相识的朋友们寄来的稿都拘起来，等到有时间再来看，那就等于给绝不看了。所以，我是在深夜十二时以后或星期休日，挤时间来看的。但因此，我也请作者原谅：作者以后如有习作，还是请寄到什么杂志社的编辑部去罢。编辑部是专门给人家看稿子的，而我，却有岗位上的工作、实在挤不出时间来。

村落里，我在全国这样的地面、
经过商业化，住宅上不应该把
这些项质管目，只要房屋位置周围重
分，而居住点要自动降低下，要用工
作者的工作是多么艰苦，……因而
我们年青一代，应当继承他们的光荣
历史事迹，发扬前代人的流血流汗
争来新时代的事迹，我们应当做
好工作的宣传、
（草稿者：根据上述十六项可加
发挥）。

××同志：

来信及稿子《××××》均悉，对于这稿子，我有下列的意见：

一、你是完全「创造」了某个人的故事，就是说，你只借用了传说中某些人的名字，而完全凭自己的意思编了某些人的故事。这不是我们所说的「推陈出新」，不是这样办的。

二、当然，写历史小说，可以加上相当成分的想像，但主要情节不能「杜撰」。历史小说如此，根据传说来写的小说亦应当如此。

三、从艺术技巧上看，你这稿子并不高，结构上缺乏剪裁，在人物描写上也不深刻。文字清晰，但不生动，即，应该细腻处不够细腻，应该豪壮处不够豪壮，而对话亦不够做到「个性化」。

四、我以为写历史小说要比写现代生活的小说困难得多。你还是写现代生活，你所最熟悉的日常生活为好。这也是十分需要而恰当的题材。

个人意见如此，仅供你参考。

原稿附还。

朱秘书：

请用沈部长办公室秘书朱长钢的名义写信给来信人罗鸿：我因事离京，他对作家出版社对他的原稿的判断，如果不满意，可将原稿及作家出版社给他的信，退还，或投其他报刊、杂志社请求审阅。

雁冰 七月廿日

奔星先生：

来信及附件均悉。您对于《侨曹月报》和《文教学》的批评文章不同意，只拟把理由详细向主管机关申诉。如果您给《文艺报》去稿（或信）自辩而后刊载编辑部不理，可以向作协申诉。但这次来信却写给我个人，而且把理由是我这个争论中的那些书和我有关（是关于研究批判作品的），故而我应当了解一下。因此，我也了解了一些您们两争，好像是拗拗的问题（不当但你的书拗拗所人的书，实际是这样），要说我实在时间太少，你的书，是不是来的书，或了易的书，我都没有时间拿来核对，因此，我不能对这拗拗问题说什么。现将附件奉还。顺颂

健康。

附还 ①你的《检讨与声明》、②四川张如月报之编校的信。

飯田吉郎先生：

校樣及附表均至，現就記憶所及，將附表填好，請以專函送。現在已經絕版的作品，大概都是不太成功的，故而不再重版；這些東西，國即使出口，也不容易找到了。專此，順頌

健康、

我的舊稿並不蓄存，而且我向來不出版文藝論文集，所以你的要求，無從滿足，甚多抱歉。至于你來信所說的那些談到關于寫作的心得，大概是「創作的興趣」，我手頭也沒有了，有些學校圖書館內，或者還有。

×××同志：

来信及稿均已递悉。如我不作客套，我对于你的论点是有保留的。《诗的声律问题》予以讨论，你的稿子说我两个教学先生你们都不肯答，我建议你直接寄给游国恩同志，三人之间通讯讨论。游的论点，（如我要找游的文章来看，但从你的辩驳中可知大概），不是无所本的，而且我猜想你的论点的根据，游也不是否合适的，所以你们二人先来个私人通讯讨论，对于你和游都有好处，兹将原稿奉还，顺颂健康、非常抱歉，只能简短地提些意见，供你参考。

一、你既喜欢文学，当然业余时间阅读文学作品，那你就得有阅读计画；二、先阅读中国的古典文学（如"三国"、"水浒"、"儒林外史"、"西游记"等；三、因为你懂俄文，就应当读俄罗斯古典文学，如普希金、果戈里……等诗人的作品；四、选读一些现代的中外文学作品和翻译的欧美古典文学。五、上面讲到这些书如果全部读，恐怕你要一年到两年的业余时间，以每天二小时计。

我个人是不赞成寄给林先生的信件、但仍未交我不便将转送于他
别稿、只好寄回、请原谅、

所以有人說它們分為正面或反面兩類，正派人物沒有缺點，反派人物一無是處。我卻不這樣想。我所塑造的人物，還不免於公式化而沒有把他們的性格的複雜性刻劃得很好描寫出來。

這就回答了來信的第一個問題。

至于來信的第三個問題，我還不大明白它們的意義。

「枯萎」是沒有寫完的，因為發表了那幾段以後，那個刊物的編輯人就受到了警告，不敢再發表了，因此我也就擱筆了。

「官能體」、卧倫探險的說法，不無其道理。（經商的說）究竟是怎樣的「超現實」，向來就緊跟著作結，不過我是不大熟悉那些「學院派」所說的「超現實」的。

正像你来信所说的情趣，我是要劝你安心学习，而把爱好文学作为业余课外的活动。我在青年时也和你一样，学的是理工科，在学校中爱好的是文学。后来之所以搞文学，倒不是在青年时立了这个志，而是由于种种机缘，一些可以说环境所迫。古今中外，许多大作家都不是在青年立志搞文学写作的。所以，我劝你不要急于为自己

徐男生

的「悲」下結論，也不要過
甚，感情衝動就很大
自己的生文常寫作方面更
有才利，你說的你常常
利得四、五你考物理
分，那可見你並不是對物理
特別無缺，可是我看
你寫來的四首詩卻打不
上四分，甚至打不上
三分，事實上也不能這四首
詩就此說你擅寫文學作
你能一定不行，但由此可以
知道，凡事不可太主觀、太
感情衝動也、

(一)我擔任小說月報去編卷尾十二卷起，當前的和我沒有關係。

(二)我進商務印書館編輯所是一九一七年，我許還去掉（要是一九一六年）。一九二六又年脫離商務印書館、其間之後屢有變動。

(三)仍在商務，但也參加社會活動。

(四)不是，秘揭去佛法有關係。這一條可以說，根本不合事實。

(五)大致不錯，但這是來語我長，我沒

當時沒有這說。

57.1.10

①来稿最大的毛病是主题思想不明晰，所以还不会剪裁素材，还不会把最能说明你的主题思想的情节（人物的思想、行动）用简练的笔墨写出来。而这是需要下过硬的基本功夫。你应当注意别人的优秀作品中学习这个方法。

②来稿字迹太潦草，有些字简直不认识，猜了半天，还是猜不出来。

③我事情多，很忙，保留时间太久，……写给你了。

寄来的原稿，把稿子寄给一些文学刊物的编辑部，原稿退回。

57.1.20

但要求符合写出少年文学的主题和意识浅了些，原稿需再改、

我无法介绍给一个辅导的老师，他们都很忙。我却可以介绍你去找老师！印前人的作品和前人对于作品的一些批评的意见。你自己可以试试把这篇稿子投给新的出版社，但我猜想被取用的可能性不大，因为新的编辑部稍因这篇稿子并不合乎他们所要求的题材，就否定了。

看了此稿后有这样的印象：你有想像力，也懂得一篇好文章如何写才能吸引读者（这些可以说是优点），但你的结构还欠周密，这是作品太少所致，并且稿中有些错误的句子也还需删去（这些是缺点）。

你打算今後努力提高寫作能力，（用修寫日記，多向師友請教的方法），並且不忘多投稿出書去，——你這態度是正確的，希望你能這樣堅持下去。

目前你寄來的兩篇短稿，我看了以後有這樣的意見：一、文字是否通順，不是沒有藝術味道；字彙（句這是內乎）貧乏，內涵少變化，缺乏想像力等等原因造成的。

二、你應當多寫自己熟悉的生活。可是，「描寫這一篇與（所記）均不是你所熟悉的生活，（缺乏想像力，是描寫你在描寫人物、事件、風景時不能創造生動美麗的形象）」

①妇女杂志编辑室对你的十篇稿的意见是正确的。②在目前情况下，你不但要继续研究用文字来表达思想情感，你还要学会在生活中发现问题，看问题看得深，看得远。③指导写作能力的方法不但在于多写，还在于多读。多读不是硬记、死记硬背，背诵就算好了，还须细细欣赏。例如你读一篇名著，就要钻研作者运用的技巧，欣赏能力提高了，写作能力也会跟着提高。

④据我所知，现在不论是作家个人，或者编辑部的工作人员，都没有可能为青年写作者修改稿子，他们只能提些原则性的意见而已。因为作者都忙，他们都有专任工作，不可能专门给人家修改稿子。

87.2.8.

寄来的作文稿，我读过了。这些作文，能够说明你在使用文字来表达思想、叙述故事的学习中有怎样的成绩，却还不能说你已在文学创作方面已经走了第一步。但是请你不要灰心。未来的作家都要这样一步步走过来的。我劝你不要当这些就是作品而到处去投稿，你应当通过学校的作文课来提高你的使用文字的本事。你应当多请教老师。我很抱歉，没有时间给你看稿和修改稿子，你应当多向你学校里的老师请教。附稿退还。

向

来信收附件均悉。从许多资料中摘取鲁迅先生
和我有关的事情，大致都还正确。我也没有什么可以添补，
除了往来稿纸上的。我觉得这些为一种参考资料，但这个稿
子还有 用处，特别是在搜辑佚用 力甚勤，伊群拼 但
缺点是 零零碎碎，都是些琐事，没有对于 文学运动某
些问题的讨论
等等。这
是因为
当时白色
恐怖很
厉害，
我自己不
记日记，
怕一旦
被捕连
累别人，
而鲁迅当
年的日记也
只简记些
小事，以
那是备
查的意
思，宜
我们通
讯也不谈
问题，因
恐为敌人
所得，卷
起破坏。
像此种
事，今日
说多现成
材料，而
我也记不起若干细节了。
并将要稿本罢。

你們寫作的目標，

你問我寫什麼好，「這甚是」即中西史，不知從何說起。我勸你常看看文學術刊物上關于文方面的論文，如我沒有時間寫信覆你。如果把這門學問簡單化，也可以用兩語回答之：寫那些最使你感動的事。

来信看，你确实读过不少文学作品，但是要欣赏、了解、分析一部文学作品，必须有相当多的常识，即相当高的文化，特别是需要关于历史以及自然科学的知识，例如但丁的《地狱》，如果对于那时候意大利的历史和思想情况一无所知，就不能了解和欣赏这本巨著。我青年时，不像你们那样先读外国作品，那时根本没有那些翻译的外国作品，只能读原文，而原文书当时很少（买不起），而是先读中国古典文学作品和历史，以及其他自然科学是学校的课程，当我不能

书目看过了，有些意见，都注在纸边，但抱歉，我不能补充什么，因为我自己没有编过目录，又没有像有那些书籍评论，现在我也没有学现去炒那些「冷饭」。我觉得我的那些论文都是「辑任务」的，理论水平不高，没有编集出版行世的必要，书目附还。

敬爱的E·舒马赫博士：

我十分高兴地接到了一月十五日从寄出的信和在我家的院子里所拍的照。

这信和照片使我又一次温习了去年初夏我们的很愉快而有益的谈话。每一次这样的回忆都给我很大的快乐。我们相处的日子虽然很少，但是从您身上，我看到了德国民族的高度文化和智慧，也看到了德国人民对于中国人民的友谊。

我衷心地敬祝您在写作事业上获得更大的成功。

我更将以十分热切的心情期待着读到您的关于中国的诗篇。

顺祝健康，并致崇高的敬礼。

茅盾 一九五七、二月廿六、北京。

请找人译为德文后送来签字，然后寄出。

对于"虹"，我自己不很满意，所以我不以为值得去过上影化精力是值得的。然我对来信所提问题不~~[illegible]~~多加言语。

~~[illegible]~~而且，改编小说为电影，也可是一种再创造的工作，改编者可以发挥他的创造力、

陆冰素同志：兹上法文信（译中文原本附上），请连文给译文社编辑部的法文翻译核对，并将它用“作协”信笺，按照所附信的规式样，重打一份，并送来给我签字，即祝健康，并请打信封，

冰心 三月卅日

如果陆冰素同志开会去了，也可以请别人一办。

首先要学好你的专业，同时也要学好俄文，（看信上说，你们是有俄文课，但不够努力，这是犯了错误，）不要读这种小时的俄文，白白化了时间才好，要做好了两（三）面搞好深入，作了以看文艺书，练习写作。但是不必急于投稿。至于看什么书，那就看你自己的兴趣。

了，我不赞成开个书单，将为如读书，用填鸭的方式要人家硬吞下去消化。因为读文艺书是课外的文娱活动之一，岂用了心硬性地来读呢？至于你觉得你过去所写，少短了脚，没有把人物写好，那是因为你还没有经验，还不能概括你的观察之故，不必

希望，那是要慢慢来的，也许你将来会写的，也许不会，这是
常有的事；
历史上就
有不少人，
从事文学
而却终
身没有
写出好的
来，所以，
你只把
文艺作为
业余的
嗜好是
对的，你
先不要像
有些
青
年那样文字没通顺就立志做文学家。

信已读过，《丹心一片》已送给电影局，请电影局酌办。为青少年服务的电影剧本实在太少了，您注意到这方面写了个剧本，这用意很好。我已告诉电影局仔细审读这剧本，无论可用或不可用，都给您提点意见。至于我自己呢，实在没有时间阅读您的原稿，抱歉之至。[illegible]

[illegible]顺颂健康、

青秘书：上列信稿抄清，

另将原信转送电影局、

匡迁

2/4

来信及稿收到，拖欠了些，我一直都很忙，（出乎您的想像之外的），您这样长的原稿，我实在无法从头看到底，因此，只能抽出几段看看。我觉得作家出版社答覆您的去信，对于您的原稿的分析、批评，是正确的。对于您所提的意见——些缺点，不要一动笔就写长篇，努力把自己的写作能力提高，使能达意，努力减少别字，（您来信中就有不少别字），努力先把文字弄通，等等，我看也是正确的。您照这方向做，就好了。丁玲同志那里，我已问过，她也没有时间看您的稿子，因此，我就把来稿直接寄还，请查收。顺颂

进步

萬斯科：

「蘇維埃俄羅斯報」日常生活部的敬愛的切尔尼舍夫同志：三月廿日來電敬悉。遲遲奉覆，十分抱歉。特別抱歉的，是我的已經遲了的奉覆還是不能使您滿意的。因為我近來身體不好，常常失眠，不能多用腦，有時甚至本位工作也不得不請別人代勞，所以，我實在[redacted]無法應允為貴報寫文章在「五一節」發表。請原諒。順致

敬禮。

茅盾 四月四日。

以上，請翻譯為俄文，作為副本，連同打印的中文信正本，（連中文正本來簽字）。一同航空寄出。

在这样情况之下，虽然[redacted]主观上极愿遵命写「五一节」的文章，无奈[redacted]力不从心。对于不到遵命这一点，我是十分抱歉的，请予亮察。

亲爱的柴尔尼雪夫同志：

承蒙邀写「五一节」纪念文，甚感荣幸。但是，

四月三日电报收到。~~[illegible]~~，我最近身体不好，常~~[illegible]~~经常工作半天，

而仍然不能支持，

~~的要求，本拟为贵报撰写有关「五一节」的文章。~~

特此奉复即致

敬礼

来信读来，初学写作方面的一些问题，你自己信中讲得很清楚了。这怕别无捷径，只有坚持下去，不灰心。你有一个好的条件，可你是阶级斗争和大自然的斗争中生活。你可以把生活中激动人心的场面写下来，不要贪长，有多少话写多少，这是经常做的事，像写日记，而不是为了投稿。如果这样积的东西，我还有时间看看，给你提点意见。

朱秘书：你试考把我答覆另外两封信的内容试拟

春霞：①字太潦草，这是写作态度是否严肃的一种表现，②读人民文学，能有助于文学事，是需要的，但练习写作，不是一朝一夕所到者

③人家不回答你的信，因为你提的问题，使人无法用一封信（信）来回答，这需要用一本书，而这样的书早已出版了好多年了，而且有好多种，例如巴人的文学论稿、（翻查）

我现在也不利用所想像的答覆方式（三言两语解决了问题，你就找到窍门，过一夜就写出好东西）来答覆，只好这样来提醒你而已、

××：你的来信，我读了三、四遍，方能把一些写得极潦草的字、以及你自己创造的已有已认识的草体字，一一看明白了。我[redacted]了[redacted]你的[redacted]打算做一个作家是好的。[redacted]你分析自己[redacted]经常写稿而失败的原因是（一）功夫低，（二）态度写作不严肃，我想你这分析是对的。你的不严肃的态度，也表现在你的来信中，你写的字实在太潦草，使人难读，[redacted]你的信要多化一些时间。你去找鲁迅、茅盾先生的手稿，字迹都很端正，我也亲眼看过高尔基的手稿，也很[redacted]整齐清楚。你不制造过无用字藻，自己也是态度不严肃，这一端。例如你来信把我的姓名也写错了。你也是态度不严肃。

至于你所提的问题，只要你经常一面读刊物，（或者读过别人的文学论稿，）就已经有了答案，我不能代你组织作，如不[redacted]二作者，能进步。

提

你的问题，实际上就是各刊物经常要讨论的问题。你不可以把这些问题看得太简单了，以为我用三言两语告诉了你，你就可以得到窍门，就能够写出好的作品来了。不是的。因此，我建议你多读，多思考，同时也练习写作，写作不怕失败投稿，而自己找找错处，自己修改。不要等你对于自己写出来的东西能够找出错处，内容和文字都自己修改，那就表示你习作能力提高了一步。一定要这样钻研，别无他法。

感谢你们提的意见，作为一个作家，当别人对他的作品提意见时，他应一面感谢，而且诚恳地记下来的。不过，他自己不一定要采纳意见。文学描写的这件事，西方人喜欢，本国一言而喻也。已手编一对手教科书编辑者的意见，试着了一下反映到那个编委会去。

务霞

汉船：

来信收到。我看了来稿的一段，就没有时间看完它了。很抱歉，我只好把这部原稿分给"人民文学"编辑部去。他们看了，会把刊用或不刊用的意见告诉你。至于我呢，看了你原稿的一段后，只有这么一点意见，也不妨顺便告诉你。这就是：你毫无选择地把你所想到的、看到的，随手写下来，这是写小说的大忌。小说不是一面镜子，把所有东西都照下来就算。应当把生活素材加以分析、提炼。照来信说，你现在只有十五岁，当然还没有这样的分析、提炼社会现实的能力。所以我劝你不要忙于写长的小说，而先把你的文字弄通。匆此，顺颂进步。

来信收到。你要找一份我的文章的目录，我可以介绍你和南京大学中文系现代文学教研组联系。他们曾经编过一本目录，油印的，而且曾经寄给我看过。你不妨和他们通通信，也许他们还有多余的油印本，可以给你一份。

我在人不以为了夜已值得路偏而處影。因此对于未信偶到的那些路偏上的问题，

想我不於意思、

诗刊编辑部同志：

兹退上寄给梅宁玉我康的长诗《什卡与玛娅》，请审阅处理。

寄给梅同时有信给我，唉宣文学翻译如经被接植（那代的修改出板），否则便是一棍子打死了。我给他回信，指明他的想法是不对的，现将我给他的两页信到东附上小信

年致。

五月份《人民日报》所登的我的话，（两件事）给是误解了，我明々是说①小辛依的作品，②描写资本主义的一棍子打死的批评文章。不是说小辛依的作品要一棍子打死。

至于小辛依的作品不被登出，算不算一棍子打死呢？我看不是。以三年来的作品为例，小辛依的作品是废品或次品。三版的编辑员不肯把废品和次品出版，你要去说

厨，只採地，初的编辑也不能把废品或次品出版，使读者吃厨，嫌恶罢了
口味的纸的。

编辑部不能对于来稿毫无选择，来者不拒，
因为来稿太多，只能採用水平较高的作品，这和出
版百花齐放，百家争鸣政策是两件事。

对于徐迟的诗「什卡与玛娅」，我看是水平不高。但我
既非出版社的编辑，也不是杂志社的编辑，所以我
决定原稿是否应该出版，不在我的职权

範圍之內，就由我把來稿送給「~~民青~~青青」傳刊之責了，讓他們決定，請他直接和他們聯繫吧！

敬爱的罗金远同志：

五月十八日来信收到。承蒙约稿，甚感荣幸。但写《伟大的青年革命军周年纪念文》近来工作甚忙，这篇所以十分抱歉，不能为贵刊写稿了。

时无法执笔，实在我已经应邀为《国际文化与生活》写了一篇短文，

郭希原 请为首，

此致

敬礼

茅盾

一九五七、五月卅日

打印五份作文副本

来信敬悉，因为已经为「文化与生活」写了一篇，所以再写一篇，很觉为难。但是，我们的作家老舍也为「文化与生活」写了一篇。是否是可以请巴斯特涅克同志读一下，和「文化与生活」的平均的分配了罢。

敬爱的巴斯特纳克同志：

承您约我为十月革命四十周年写稿，深感荣幸。已写好，随函奉上，请查收。我还代您的朋友约老舍写了一篇，也一併奉上。又，据《外国文学》主编恰可夫斯基同志来信，要我为他们写一篇纪念十月革命节四十周年的文章。可是我为了时间关系等等原因，不能再写第二篇了，现在《外国文学》既然要稿，而您这里有同样性质的纪念文二篇，是否可以分一篇给《外国文学》？请您决定。

此致

敬礼

茅盾 一九五七、三月廿日、

打印并译俄文副本

子铭同志：

来信及论文收到了。你的论文，是化了功夫写的，富有实事求是、客观分析的精神。作为一个被研究的作家，我是只能倾听批评，而不愿意自己说话的。同样的理由，我也不便把你的这篇论文介绍出去出版，如果我这样做了，特别因为我还是文化行政的高级负责人，便有利用我职权、自我宣传的嫌疑。说来好笑，我自己也不记得四十年前我在「小说月报」上写过那些文章，也不记得一九二七年以前我在「文学周报」上写过「论无产阶级文艺」。你是否可以告诉我：「论无产阶级艺术」发表时署的是什么名字？如果是个笔名，而且不是那个「茅盾」二字，因为这个笔名是在写「幻灭」时开始用的，那就有可能是把别人的文章，例如我的弟弟（他在出国以前也是弄弄文学的），算到我头上来了。那个问题，请你便中告诉我那篇文章的署名，使我自己来回忆一番。对于你这篇论文，我觉得太长了点，还可精简些。文字也有些拖沓，词稍拖沓。专复，匆此，并颂谢谢您五月七日来信中告诉我关于「论无产阶级艺术」的署名者人。我已借到「文学周报」，一看该文，便想起来了，那是雁冰写的。您猜想是我到广州以前写的，我据查出的原刊年月日算来，写于赴广州以前。刊出时恰值上海发生「五卅运动」，前四章可能写于「五卅」以前，最后一章则是（当年）秋后赴广州前所写。先此奉复，谢谢。

我个人认为不值得化功夫把《子夜》改编为电影剧本。

请原谅我不能就来信所提问题（关于《子夜》的）一一作答。

创作有些什么批评文章与批评《子夜》的，我就说不上来，

因为我的记性很坏，记不全，而手头也没有了。

×××先生：

请原谅我不能早日答覆，因来信迟到。承为《×××》杂志季刊约稿，甚感荣幸，但十分抱歉，因为时间和其他原因，我来不及为贵刊的五周年纪念刊写文章了。

特此奉告，并祝您的健康，祝中俄文化交流日益发展。

您的忠实的，

茅盾

五月十七日。

[redacted]作为「子夜」的作者来回答你们的信，我以为不值得化费精神时间把「子夜」改变为剧本。但我[redacted]也并无权力禁止你们这样做。而且，改编成为剧本，也是一种创造性的工作，改编者应当以他自己的见解做这项工作，在这意义上，我不想对于你们现在的计划参加什么意见了，请原谅、

敬爱的挺·古乌巴札布同志：

接到您在五月七日寄出的信，感到非常荣幸。十分抱歉，由于工作太忙，直到今天才来答覆您，请您原谅。

《子夜》承您翻译，能与贵国人民见面，甚感光荣。现在写了短短的几句话，作为《子夜》贵国文译本的序文，随函附上，请查收为荷。

匆此奉覆，顺致

敬礼。

茅盾

一九五七年六月二十日

十分抱歉，我的答案一定不能为您解决问题，因为正像来信所说，我抽不出足够的时间写长信，您提出的第一个问题并不像您所了解的那麽简单，这大概因为您对于四十年前的青年人在那时代所处的地方面的思想和生活的影響（所知甚少），而尤其好像您是不大知道我在一九一〇——二七这许多年的生活的。您的第二个问题，我（这样）只能回答：《子夜》的《后记》所说，只是个大概，实际上，《子夜》内的人物，决不是在一九三〇年才第一次遇到，才想起来的。第三，对于《霜叶红似二月花》的题目说明，我想您就

保持您的看法就是了，我对于自己的作品不想作何解释，至少在目前。

来信及稿俱悉。十分抱歉，对于来稿，我提不出什么意见。只有一个意见，就是：子夜，这样的书，不值得化费工夫去改编为话剧。你听了这话，定然以为我是搪塞，其实也不然。我对于另一位想做这样工作的[redacted]人，也曾提过同样的意见。来稿附还，顺颂健康。

電影融合反右派鬥争，应当编新的脚本，一
来信所说改编二十多年前出版的小说一事，
我以为完全是徒劳無功的。

這樣的觀點，我想一下後，是否值得從哲學方面來談你的電影的，對于值所提出的問題，如我不作答了。

乌克兰《文学报》总编辑

敬爱的希日尼亚克同志：

您托田大昌同志带给我的信，我在十一月卅日收到了。我很高兴，您给了我一个光荣的任务，现随函附上我的一篇短文，作为我以及我的同行们（中国的广大的文艺工作者）在庆祝乌克兰苏维埃社会主义共和国四十周年的献礼。

祝您的健康和工作胜利！

茅盾

一九五七、十二月十日

亲爱的同事（colleague）Albert：

实在抱歉，我到今天这才来给你八月廿日的来信写回信。可是，我盼望你能够原谅我的这样的疏懒，因为，今年夏天和秋天我们都很忙，为了反右派的斗争。十一月，我又出国一次，整々一个月不在中国。但尽管事实是这样，我还是表示十分抱歉，为的是又到了年底给你写信。

我猜想这封信到你手里，大概在一九五八年的新年，如果邮递不耽误的话，因此，让我首先祝贺你新年快乐，祝贺你在未来的年度中将有更多更大的创作上的收获。

你来信问到我的笔名「茅盾」是否第一字「茅」是一个姓，是否可以称我为「盾」，如果我叫你Albert的话？我想是不可以的。因为「茅盾」这个笔名，只是一个字，「茅」不表示姓，正像「鲁迅」也是笔名，我们都叫他「鲁迅」，而不叫鲁先生或迅先生。

你信上讲到的那个影片，我很感兴趣。你能不能告诉我这部影片的名字——这部经过你「[illegible]」过的影片？

您讲到社会主义现实主义在实践中所发生的一系列问题，您对这些问题表示了您的看法。亲爱的朋友，作为私人通讯，常这样亲切地交换意见，我认为是最大的愉快。我尊重您的意见，我也赞同您的极大部分的意见，例如关于正面人物的，关于一些苏联作品的缺点（人物没有个性，结构公式化等等）。但是，我的朋友，请恕我冒昧，我不得不说，我不能同意您把这些缺点都归咎于社会主义现实主义。您说，您还没看到一篇文章对于社会主义现实主义有过明确的全面的解释。（虽然讲到社会主义现实主义的文章很多）。我还打补充一点意见，就是那么多的作品给社会主义现实主义作解释，规定它的任务等等的文章中，有不少篇是教条主义的，或者是错误的，片面的。最近一年来，苏联朋友在这方面已经作了许多纠正的工作。我觉得我们必须做的事，就是根据苏联和其他国家的近四十年来的文学实践，来研究我们现在大家所关心而且讨论得那么热烈的那些问题，从而逐步地给社会主义现实主义作出比较完善的，全面的解释。

我猜想您大概都能同意这样一个看法：苏联的文学以及其他国家的进步文学和十九世纪的现实主义文学毕竟是有所不同的。就拿您的作品来说罢，您写过古的作品，我看经由「潜流」(Underground Stream)就和斯丹培克的那些最好的作品有些本质上的不同，自然也和十九世纪的那些现实主义文学(通常被称为批判的现实主义的)也有本质上的不同。这种新的现实主义作品从同有个专名。社会主义现实主义是比较恰当的一个。至于在这名义之下，曾经有过错误的理论，(而且将来也还会有)，生产过不好的平庸的作品，那是事实，但也是另一回事。经提到三十年代初期高尔基用过的 socialist humanism。我想我们已从苏联在採用社会主义现实主义这一名词的初期，在一个短时期内还提出过三、四个其他的名词。现在看来，採用了社会主义现实主义还是比较恰当的。我们现在所须做的事，是修正那些片面的甚至错误的对于社会主义现实主义的解释，同时要从历史的发展，从具体的作品中，为社会主义现实主义找到更全面的丰富的解释和内容。这是需要我们付出很多时间和很大劳力的一系列的工作，其中也包括重新为「现实主义」作广义的解释；我以为广义的现实主义可以包括 Alice in Wonderland 在内的。苏联也有相近於 fantastic 性的儿童文学，想来你也读过的。这样的我想我已经化费了您太多的时间。我这些意见既不成熟，也是幼稚的东西，不过我把和您交换意见，视为最大的快乐。我和我的朋友们都希望您的访问中国成为了解新形势的开端。那时我们就可以当面畅谈了。您信中提到去年的匈牙利事件，用了Pandora's box作为比喻。这是非常有趣的。因为最近Pandora's box里出来的是"希望"，而现在，希望已成为现实，今天的形势比去年此时大不同了。我想这对于您的访问的可能性会有帮助。

我期待读到您的新作，您信中讲到的将于今年完成的那个剧本。

另邮寄奉英文《子夜》一册，上面有我的签名，敬赠给您，作为纪念。但自然，尤其期望的，是您对于我这作品的宝贵的批评。

顺致敬意，并祝您和夫人的健康。

弟 曹禺 一九五七、十二月十四日、北京。

敬爱的A·茜夫满同志：对于你们提出的拉有亏瓤宣传重要的问题，我十分愿意答覆你们的问题，但同时

四月十二日来信收到。我又十分抱歉，因为近来身体不好，我神经衰弱，经常只能做半日的工作，所以短期时不能回答您提出来的问题。

我已将您的来信转交给中国文联和作协的副主席周扬同志，他看有没有时间给您答覆。或者，他可约请其他中国作家就你们的问题加以答覆。如此，并致敬礼。

鉴于你们所提的问题利于你们所计划的居随是否时间，我想我应当介绍别的中国同志来满足你们的需要。为此。

[illegible]

敬爱的魏斯科普夫夫人、A、魏丁同志：

我听说您旅途愉快，并且工作成功，我十分高兴。遗憾的是，我即将下去视察，为期一个月，恐怕不能够在北京欢迎您了。

我已经写了一篇纪念我们的最敬爱的朋友魏斯科普夫同志的文章。现在请王局长同这封信一起，转交给您。把这篇文章

希望我们下次将在柏林或北京见面。

祝您身体健康，顺利。

茅盾 一九五八年五月廿三日。

敬爱的 Fritz Weiskopf 同志：

我很愉快地接到了您于五月廿日给我的信。的确是十分遗憾，由于您行色匆匆，我没有为您送行。我祝您旅途愉快地到达柏林。

对于上次给您的那篇我为 Weiskopf-Almanach 写的纪念文，我有三十处的修改。现在我随函附上修改本的中文，请把这次修改本作为翻译的底本。

为了即将出京视察，想我不多谈了。我和我的夫人都祝您身体健康，并对您为中国文化交流所作的贡献，致以崇高的敬意。

（茅盾）

一九五八年九月一日于北京。

（请译为英文）

陶武同志：

前曾索画，嘱题为「黄脩锺离子造越南文版」书写一篇序。当时我曾致函，答允稍后便可写寄。不料后来我由于工作忙和身体不好，一直未能践诺，十分抱歉。

现在抽空写就寄来，请在此写上，并此寄附上我的相片一帧。

匆此顺致

敬礼

翰存

出日归来，始接来信，迟覆为歉。小女沈霞与萧逸结婚，
于一九四三年（或四四年）冬在延安为不良
外科医生所误。
系医生替给另一病人动手术后，
未换手套，未经仔细消毒手套，
即给小女动手术，以至
血液中毒，全身青肿，而经
那一医生尚不肯自己说明真
相，以至再误，终于不救。
遗一女，萧逸于一九四九
年在太原前线阵亡后，
即葬太原。我处今惟有他二
人之照片一帧而已。以上情
况，请转告徐开勋同志为荷，

（乙乙四万行）

亲爱的同志：

今天接读六月十六日来信，敬悉我的小说《春蚕》将在贵国出版。《春蚕》及其他短篇小说，都是十五年前的旧作，当时中国人民尚在帝国主义和蒋介石反动政府压迫之下，正在中国共产党领导之下为求解放而斗争。现在，中国人民的这种贫困无而被压迫的生活已经一去而不复返了。中国的广大作家们在中国共产党领导之下，走文艺为工农兵服务的方针下，正创造了许多歌颂新时代，反映新人新事的作品。我很希望我们国家的这些

我以我的作品能在产生了 Petőfi Alexander 和 Jókai Mauris 这样伟大的诗人和小说家的匈牙利出版，而引以为光荣。我愿乘此机会，对于英勇的匈牙利人民和光辉灿烂的匈牙利文学，表示我热烈的敬意。

[illegible]

新的文艺作品也将陆续和国外广大读者相见，而且我相信一定会受到国外广大读者的热烈欢迎的。

来信要求由我谈谈我的工作和计划。我的工作主要是行政工作和社会活动，用业余的时间从事写作，但由于近来身体不好，所以只能写些评论文章（是应约的），没有写小说。在这样情形之下，如果有写小说的计划的话，当然也不是短时期内可以实现的。

祝中日两国文化交流的日益繁荣，祝中日两国人民兄弟般的友谊日益巩固和繁荣！

顺颂健康。

[redacted]

莫斯科「文学報」編輯部

敬爱的B、特路静同志：

我荣幸地收到了您在早些時候寄給我的信，現在我已經照您信上的意思，寫了一篇関於亞非作家大会的政論性的文章，特此随函寄奉。如果您以為这篇文章適合於你們的需要，我将感到十分荣幸。（為了時間関係，我这篇文章只能用漢文原稿寄給您，翻譯工作，請您們同志担任。）

請接受我对于您和「文学報」的最崇高的敬意。

您的忠誠的

（茅盾）

附原稿　頁。

此信請譯俄文，打好，送我簽字。

此信打漢文一份，送我簽字。

敬爱的特米脱莱夫斯基同志：

十一月四日你的来信收到了。在塔什干时，已经收到了你的信和一《最近》杂志一册，由于事忙，没有马上写回信，十分抱歉。

知道你们打算翻译我的小说《腐蚀》，我感到十分荣幸。我也愿意为这本小说的俄文译本写一篇序文，可是，由于我在本年十二月和明年四月将很忙，这篇序文可能要在明年一月尾，方能写给你们。希望这不会打乱你们的计划。如果可以，请给我一个回信。

顺致

敬礼！

茅盾 十一月廿二日、

此信稿请翻译成俄文，将俄文本同你为胡东写出中文的，请誊清后送来签字。

親愛的布斯塔娃洛夫同志：

我收到您的電報，沒有立刻回答，十分抱歉。現在寄上您所希望得到的文稿。請原諒，因為時間關係，來不及譯為俄文，只好把中文原稿寄上，請原諒。

謹此祝賀您新年快樂，工作順利。

茅盾

十二月十六日。

此信請譯俄文

朱樹霞：我同意授權翻譯我的作品，但出版問題請你自己決定，同印尼出版家聯出版。對於促進中印尼文化交流你的努力表示感謝，敬

六、

親愛的同行（Colleague）馬尔茲：

我很高兴地讀完了你在六月二十日寄出的信。

我感谢你对于我的短篇小說選集（春蚕集）所作的很高的評價。我感到十分光榮，然而也感到十分慚愧。因為你对于我的誇獎過超了我所应得的了。我把你的誇獎看作是对于我的勵鼓，对于我的策鞭。我將永远銘感。但高尔基和契可夫是太偉大了，我即使再加倍努力，也恐怕是终于不能他們相比的。

我完全同意你对于「大澤鄉」和「一个真正的中国人」的批評。这兩篇都是写得很不好的，特别是「大澤鄉」，中的人物是平面的，沒有血肉的，也就是說，是概念化的人物。我本来不打算把这篇选進去，但朋友們以為这一篇用的是歷史題材，不妨聊備一格，所以就选進去了。

我的长篇小说正在翻译中的，有一部分已，出版，容当寄奉请你指教。

关于社会主义现实主义，你的意见，我很感兴趣，而且有同感。几年来，对于社会主义现实主义的理论或解释，有一些是存在着简单化和教条主义的毛病的；有时甚至于不能自圆其说。今年上半年，波兰和捷克斯洛伐克的作家们提出了不同的看法，有过不少讨论；有人主张不再用这名词〔惹起纷争的〕。我们这里也有讨论，但也没有作结论；这样的问题，似乎不宜于匆促地作出结论。我个人意见，以为这个术语既然用了许多年了，也不仿废掉，重要的倒是停止那些简单化的因而也是错误的解释，而需要（对于这一术语的）返回到现实主义的历史的发展和马克思主义者的现实主义的特点，而对给它一个更好的解释，和更圆满的理论。这是我的极不成熟的意见，不知你以为如何？你说你将很高兴能够和我当面谈这问题交换意见，如果你有可能再到一次来中国的旅行，我诚恳地欢迎。

我，你这愿望将都实现。在我这边，我十分欢迎你们来我国访问，并且将十分高兴地为实现这一件事而尽我的最大的努力。

最后，我请求你不要因为我还担任着重要的行政工作，而把我当作一个忙人或阔人。我仍然是一个普通的作家。我如果能为你效劳，我将感到十分荣幸。因此，无论什么事，都请你像从前那样写信告诉我罢，我当尽力为你安排好。

你附来的关于 Mist Laughter Like a Bell 的文字上的修改，我已经交给翻译者四段了。你所推荐的可以让我们寄书去的人名单子，我也交给外文出版社，他们将照你的嘱托办事。

我再一次谢谢你对于我和我们的工作的关怀和帮助。请接受我对于你的崇高的敬意。

你的真诚的

（茅盾）

親愛的阿尔伯特：

幸虧你博理提醒我，使我補救一个不小的过失。我十分抱歉，因为忙和病，我竟忘记回答你去年四月廿六日寫給我的長信。

事情是这样的：当你那封長信到我手上时，我正要到东北去作視察工作，因为信中並沒有主要需要答覆的事情，所以我打算等視察完了再写回信，不料一个月后东北回到北京，我就病了，接着又忙于别的工作，这样就把写回信这件事耽误了下去，而且，完全把它忘了，直到有这封信需要回答这样一件事我忘记了。

説起我写回信，已经相隔一年，这一年内，世界有了很大的变化，中国也有了很大的变化；正因为变化多，我们都感觉到日子过的太快，虽然相隔一年，好像只有一个月。

位的長信，使我發生很大的興趣。的確，社会主义現实主义是一个很複雜的問題，特别是对于社会主义現实主义的作品的評價，問題尤其複雜。某些有些作品當世發表时，獲得相当高的評價，后来就不久就被遺忘了，另外有些作品則的命運相反。如果结合着當时當地的具体情况来看這兩者都是可以作品發表的得到合理的解釋的。我们不諱言，我们是功利主义者，我们首先是從作品对于当时当地所產生的社会效果来評價一部作品的；但是，我们也反对只看到眼前的效果而忘記了長遠的利益。真正有價值的作品應当是在當时為地院產生了社會影响，而且在數十年乃至百年以後也仍然能感動讀者。不过，这樣的作品，不會在短时期内大量產生。在一个要動得很快的社會内，短时期内創作大量產生的，是对于当地当时會發生影响的，但不一定能够文去達到法立的作品。这也许是新社會的新文學藝術在萌居中不可避免的一个过程。我们的責任在于創造条件使这过程縮短。我们既不应当滿足于目前的情况，也不应当低估目前成就的價值；的萌使我们不求進步，而低估成就也會打擊新生力量的積極性。生活中的具体作情况，

代批評十。蔡

詳的現代作品，比甚

~~基本上我也是原则上这样的。~~

我想，我和你对于社会主义现实主义的看法，基本上是相同的，你不反对社会主义现实主义的几条重要原则吧？我相信你是不反对的。但是，原则上的意见一致，并不要求我们对于创作上的一些具体问题也要意见一致。创作上的一些具体问题如果强求一致，那就会束缚了作家们的创造力，对于文学艺繁荣、自由术的发展不利。因此，我们反对对于社会主义现实主义的教条主义的解释，同时也反对修正主义者对于社会主义现实主义的诬蔑。亲爱的路卡伯特，你一定同意，我们必须加倍努力从事于这两条战线的斗争。

我感谢你对于《子夜》的细致而深刻的分析。你指出这部小说的结构上的缺点，完全正確。书中的几个共产党员的形象不够鲜明清晰，这也是书的最大的缺点。这几个共产党员（做工人运动的中级干部），其中有教条主义者，也有托洛斯基分子。这是一九三〇年中国上海的一种情况。因为写得隐晦（当时不得不如此），今天的中国青年也不会一看就明白，无怪乎一个外国读者会弄不清了。~~我当年对青年学生~~但主要还应当归咎于我没有足够的丰富的生活经验，故而不能把这几个党员的形象写得真实而又生动。~~到它的缺点以及使读者看不明白的一些地方；我曾建议把这两讲清作为附录，度此的附录，于是出版社不同意，上面~~要求出版时加上注释。

我听说您已经痊复出院，将于最近访问苏联，我为您和您的夫人庆贺。我希望您和您夫人能够藉此机会到中国来。您和您的夫人将作为中国作家协会的客人，到中国各处去看看。我希望这封信同时，并且您和您的夫人接到希望你在亚洲旅行的时候，随时和我联系。

（最好一点，请把信写给中国作家协会对外联络委员会而不写给我个人。因为有时我也许要到外省去视察，不一定常在北京。）

我和我的朋友们都盼望在不久将来在北京欢迎你和你的夫人。

你的忠诚的

茅盾、

一九五九、三月十二日。

北京、

二、我还想说明的是：那个说肉麻话而且死缠住玛金的苏伦，是一个混进地下党组织的托派分子。《子夜》在写到玛金拒绝了苏伦的纠缠，而且听了苏伦说了些诽谤当时的革命和红军的话以后，就骂他是取消派，是敌人，就愤然走了。（见文集三、470—471页）、托派是叛徒，当时在上海的混进地下党组织的托派分子不但政治上是叛徒，私生活上也大都腐化、乱搞男女关系，甚至用不正当方法强奸女同志、（例如借口开会，在旅馆里开了房间，等女的到来时，就用强迫方法）、写《子夜》时，我深恨这些托派，所以不惜笔墨，暴露了他们，以苏伦作为代表。因为也怕读者误以为这是优秀地下党员，所以紧接着就借玛金（她才是一个真诚的地下党员）的嘴巴点明苏伦是托派。《子夜》中写到的忠诚的党员，都用严肃的笔调。

三、《子夜》中描写资产阶级的荒淫无耻生活，有许多地方太色情了。这，我自己后来也知道，对读者会产生不好的副作用。解放后《子夜》再版，有人劝我修改掉，有人劝我存真；后来我取了折中办法，改掉一些太露骨的而基本上不动。因为我觉得，既然作者有严重错误和缺点，那末，就只有两个办法：一是不再版，二是既要再版，应当存真。如果不存真，那不是掩饰了自己从前的错误和缺点么？那是不老实的态度。因此，我取了基本上存真、只个别作文字上修改的办法。

（8月20日给平尤三的信）

親爱的 Bernt von Kügelgen 同志：

接读你去年八月二十七日从柏林发出的信，十分高兴。现在随函附上我对贵国国庆十週年的短短祝文，（中文正本和要译副本），即请查收为荷。此致

革命的敬礼。

茅盾 一九五九年九月十四日

北京。

附件如文。

此信译英文后连来签字，请打印信封一枚，（通讯地址见来信的信封上）。

此件请速办，并请注明用航空挂号信寄出。

一海知義、島田久美子、亀山圭之、小栗

英一、山田富夫诸先生：

前接八月十五日来信，適值我因健康不佳山居療养，以至未能即覆，殊以为歉。近来好起来了，想就来函所提問題作一簡单地述說意见，但也苦於没有时间。但来函之不報覆，如負宿债。遂，对于拙作《夜读偶记》，我口学術界也有提出过不同意见，中的一些論点，也有若干疑問，我你们所提的问题，性质相同。我[illegible]打算再擠一点时間，写篇比較長的論文，再来談々这些問題，不过今冬的日程表已经排满了，只好推到来年春初了。对于你们提的問题，没有时间写长信，而趁々致问请也你们能不能見諒，所以这封信里恕不繁述。

虽然我不能马上用通讯方式和你们讨论
一些问题（中國文学史上的），可是我很愿
意知道去你们以及其他研究中
国古典文学的日本朋友们的意见，我
欢迎你们经常写信来。
身心平静、顺利
健康、

敬爱的楚图南同志：

谢谢您寄给我的乌克兰译本，和对我国建国十周年国庆的祝贺。

值此伟大的社会主义革命42周年之际，请接受我衷心地祝贺。祝您身体健康，工作顺利。

致
敬礼

中华人民共和国文化部长
~~你的忠诚的~~

用正式信笺

打印中文本即可。不必翻译。送来签字。雁冰 十二月三日

敬爱的弗·耐恰金克同志和杨·金沙娜同志：

我愉快地收到您们的来信。您们希望我能够为《世界文学》纪念捷克斯洛伐克解放十五周年写篇短文，是十分荣幸的事；但是十分抱歉，由于十分忙碌，在十天以内将短文交给贵刊付印，而我抽不出时间写作。

我想起在今年的时候为贵刊欲撰……多年来，捷克斯洛伐克人民所建立的光辉灿烂的社会主义文学（包括古典文学和……）受到中国人民的极大欢迎，中国人民（包括我自己在内的中国作家）在捷克斯洛伐克文学中得到不小的教益。我们即使没有到过贵国的人，也从贵国的文学艺术中看到了贵国十多……

年来在社会主义经济和文化建设方面所
取得的巨大成就的生动反映，并为此而欢
欣鼓舞。中国人民对越南民主共和国人民
的友谊是深厚的，一天天在发展着。通过
文化合作，这种兄弟友谊的内容更加丰富
了。我愿乘此机会向您们，并通过
您们向越南作家和人民，表示
我们中国作家和人民对贵国解放十五年
来在经济、文化、教育方面所取得的辉
煌成就表示热烈的祝贺，并祝贵国文
学艺术的蓬勃发展繁荣，祝贵刊[illegible]
[illegible]工作胜利，身体健康，

此致
兄弟般的敬礼

中国作家和人民的
敬礼

（茅盾）
一九五九年十二月四日。

敬爱的A、却考夫斯基同志：

接奉九月五日来信，迟迟复为歉。嘱为纪念安·契诃夫诞生一百周年写稿，甚感荣幸，但因两个月来屡屡生病，未能早日执笔，现奉上短稿一篇，聊以塞责。也许时间迟了，赶不上，那就请你处理了，这篇短稿将在我们出版的"世界文学"明年一月（上半）登载。

衷心的敬意、

茅盾、

十二月二十五日。

前信早已收到，因为觉得敦化会回绍
兴[illegible]所以缓些答覆，有些耽搁，十分抱
歉。现在，我还未知道六月以后有没有时间写
那篇一篇文章，因为看你们希望的是一
篇研究抱
朴子生[illegible]的
文章，六月以后
我的工作日程已经
排得满满的了。
如果
你们只要
一篇
关于
抱朴子
养生
六朝中
江南
得道
服药
对[illegible]你们的影响，
那是比较容易，我大概可以抽出时间
在七、八月内写上。不过，那要[illegible]。

敬爱的阮文梅同志：

我愉快地收到您的来信，和《春蚕》越文译本。这本书装帧印刷都很漂亮，排组译文也通顺畅。我的这些作品能和越南读者见面，深感荣幸。我愿借此机会对您翻译为加强中越两国文化交流所作的巨大努力表示崇高的敬意和衷心的感谢。

祝您和您的全家生活幸福，身体健康，工作顺利，敬爱的尺·费郎克馆长先生：

我很荣幸地收到了您在今年夏天和十月三日给我的信。今年夏季我很忙，为了我们的第三次文学艺术界代表大会，后来又作为政府代表团访问了波兰，仅在十四天前回到北京，而手头又有一大堆事，由于这种种原因，我十分抱歉，不能为你们所编选的托尔斯泰纪念册写一篇文章。请您原谅，顺致

崇高的敬意、

敬爱的L.C.斯米尔诺夫同志：

我荣幸地收到你九月五日的来信。

十分抱歉，我还不能肯定是否有时间写一篇纪念伟大的列夫·托尔斯泰的短文。原因是：自从接到您的信以后，一直很忙，而三、五天后我又将到南方去一趟。如果我旅途中能够写一点，我当于十一月一日以前寄上。如果不能，那就只好请你不必等候了。

匆此奉覆，顺致

敬礼。

茅盾

一九六〇、十、十三

××同志：五月二十日来信敬悉，遵嘱办理，现就所提问题，简单答覆如下：

㈠钱杏村在"北斗"杂志中所提到的那几篇拙作，我已无存底。那些篇名也随手拈的，事过境迁，便已忘怀。如果要徒靠了钱杏村在"北斗"的文章作为旁证，那是不会承认"石萌"是我用过的笔名。但我也未查"北斗"，且也完全忘记了钱杏村有此论文。但当时在"文学导报"刊登的批判那时的民族主义文学的文章如果除署"石萌"者两文外，又无别文，（鲁迅先生也写过批判民族主义文学的评论，已收在鲁迅全集），则钱杏村所称，当是实在之事。

㈡我用过的笔名很多，有一个捷克留学生费了大功夫寻出一些来，可惜我看你给还他了，(虽)没有留底。我劝您不必多费精力去做这个考证工作，因为除了文集所收的东西，其余的都是不能用的，有了先的东西，是当时为了某件任务而写，当今早已失却意义。

(二)我的生日，自己也弄不清，但只记得是丙申五月廿五或廿七日，(这是阴历)丙申是一八九六年。该年阴历五月某日究属公历何月何日，未曾查一查万年历就不知道，但是我懒得去查，据我今们的记忆模糊，只于一九四五年在广州举日报的消息，当时暂定五月廿日是我以上为二问的。

(三)那一句话，没有什么意义，只是随手用了一个洋典故。如说的命运女神见如说那话。当时用这个命运洋典

故，宜立五台东联也。这也有点“顺手牵
羊”，因[illegible]按欧洲人习惯，北欧宜指
斯堪的纳维亚半岛。
四，所谓“阿拉伯中东文化”，无非是由翻译中东
联文学作品，介绍中东联情况。“坚持翻译时期，[illegible]
是中东文协的编辑事，我也是中东文协
的一个理事。中东文协里的“阿拉伯中东文化”
的作家的。我曾译过书联战（当那时）《御门第》的
文学作品。且于阿拉伯西学说大革命时代云，
则没有根据。那时我还不认识他。阿拉伯西学
有三种作品，但常常无的放矢。
（五）中堂上，《霜天晓角》二月花已否刊登？
了夜”那样做好准备工作。因为这种生活 极
不容易，无隔的了，但不可到多代时间作细
谈的准备工作也。
（七）逐 查信中天[illegible]比标帐。

(八)沈志坚早已死了。因抗战时病死在上海。抛却两点，此人平生路途上的问题。他是个老实人，不过倒也有些正义感。但不知他的文章《回忆》讲的是何事？

(九)写《子夜》时用旧小说笔法这个命题，在当时容或有之。不过，后来却并未再发展。但在当时的小说中，《子夜》还是欧化味道的文字最少的。

匆此草覆，顺问
健康

盾書、

我实在想不起我曾於一九三八年在漢口主编《少年先锋》。我甚至想不起有过这样一种刊物；请告以详细情况，或者可以助我回忆一下。

大文先生：来信谨悉。我不主张写历史剧要用"之乎者也"，也并不要求历史剧的人物们要严格地说他们当时的口语。我只是反对历史剧的人物说出现代语和后世时代所有的典故——例如为陇说"东山再起"之类。要避免这两点，并不困难。拙文在论及历史剧的文学语言时，含义是指上述。尊函所推论，超出拙文范围，尚望谅之。匆此奉复，顺颂

健康、

（朱秘书：原件及原信请还我。因须作附录用）

经川先生：二月来信敬悉，所询有关鲁迅两事，老年健忘，模糊地只记得所谈贺电乃史沫特莱经手转来，大概她是转欧洲国际友人再转也。自红军长征后，上海地下党与中央联系即断，故该电只有如上述之绕道欧洲也。原电曾于抗战胜利后刊登当时之晋冀鲁豫解放日报，此亦为解放后闻之于晋冀鲁豫解放区来之同志，我未见该报，亦不知现在何处尚保存有此报也。

至于鲁迅答徐懋庸书中谈及当时两个口号之事，则原文已说得明明白白，此是多年接触商谈，并非多人定期开会，逢五步时白色恐怖情况下，此太冒险。鲁迅与我谈时曾言与冯雪峰谈过，而胡风亦与闻云云。料想鲁迅也还同别人谈过，但我记不起来了。雪峰身体比我健康，当时事之所知比我为多，请函询他。一年来贱躯多种老年病本无大变化，但腿力减退，不耐久坐谈话，近又目疾云翳，勉强作此覆信，草草不恭。

顺颂

健康。

茅盾 五月十三日。

寄冯雪峰信可寄北京人民文学出版社转

经川同志：

接诵十一日来信，感慨万端。係蒙错爱，百般鼓励，尚以老骥伏枥、志在千里，勉奋余勇，试写鲁迅传记，具见台端热爱鲁迅、关怀文苑之赤忱，倍为钦敬。然而写鲁迅传，我非其人也。昔年畏缩，实非逊避，亦非「腾不出手来」，盖不敢狂妄自大，自以为真正理解鲁迅思想发展之来龙去脉，并从历史的角度评价鲁迅在中国思想史、文学史上之地位及其对世界之影响也。今日情况，亦复如此。今日之我，对于历史辩证法之理解，虽稍胜于昔年，然仍未入门，而左顾右盼，欲为此文艺巨匠写传记，则我非其伦。行年七十又七，神经衰弱之宿疾，有增无减，恃安眠药，每夜始得入睡四、五小时，身心交瘁，视笔墨为畏途，遑论其他。鲁迅新传，将来必有人胜任为之，惜台端与我恐未必及见也。为思想、文艺巨人作传，不必即其同时代人。鲁迅传之资料主要是其著作，包括日记、书简。传闻逸事，次要者耳。譬如陈寿三国志，裴松之注，固有其价值，然祇足踵事增华而已，未足改易陈书之本源也。然而鲁迅著作本身，尚有部分未陈列于重开后之鲁迅博物馆，据云有所未便，由此可知欲拟历史辩证论写鲁迅新传，今国无其人，亦非其时也。

未尝拜识，承蒙远道寄函，责以重任，遂自忘鄙陋，倾心而言，狂悖无状，敬请鉴原。此致

敬礼！

沈雁冰 五月廿二

经川同志：

本月二日惠书诵悉，迟迟不复，殷殷劝勉，感愧何似！年来身心交困，视笔墨为畏途，此中原故，非片言所可尽，且亦难言。兹谨答所询重新开放之鲁迅博物馆尚有部分未见陈列一事。此为友人转告，彼与鲁迅交往匪浅，亦为最景仰鲁迅之一人。未陈材料乃一九二八—二九年间鲁迅由粤到沪定居后与人笔战之一部分。足下据此当可想到所涉及为何人，春秋为贤者讳，而今日之事则时也势也。近闻将出版无注释之鲁迅全集，定价为四十元，或谓定价如此之贵而又无注释，则购阅者势必范围狭小，意味着全集非广大读者（包括工农）所必读，应广大读者之需求，别有选本在，此为小册子，每册选小说数篇，杂文数则或书信若干通，定价则一、二元而已。但何以无注释？旧注有谬误，此一也；然而或谓二：鲁文写作背景今日若实事求是以注释则亦有未便处。试者举悼刘和珍一文为例。当年女师大风潮，执政府前血案，皆与章士钊有关，章当时为段祺瑞政府之红人，身兼教育、司法两部，血案实彼主谋，许广平在一九四九年曾拟

此乃弟认章不宜为政协委员。当局以不念既往，与人
为善之旨说服了许广平。前月章赴香港「探亲」，
专机飞往，港报纷纷议论，认章负有与台湾谈判
之任务，且谓张群将自台赴港，与章晤面；台方立即
否认。但章赴港，非仅仅探亲，则大概可信。任务完成
多少，我辈不知，但章于本月一日在港因肺炎与心脏
病并发症而死矣。据闻骨灰将返此间，择日追
悼。时势如此，则悼刘和珍一文之佳构实难下
笔，不如付之空白。此一说，似乎中肯。信笔所至，聊
为足下道之，不足为外人道也。
近年常患手颤，此为血管硬化、心脏不健
全之征；今日手颤较甚，字迹潦草，希赐鉴
原，匆此，并致
敬礼！

沈雁冰 七月三日。

雪垠兄：七月十日惠函，敬悉起居佳勝，健筆如故，欣慰欣慰。蒙抄示大作七律若干首，循讀再三，知鍛鍊之勤，取法之廣，尤爲欽佩。兄與弟皆五四産兒，生投身於文藝創作時间有先後，而就此整个一时代而言，你我屬同輩也。而大函云云，則謬過甚。人人自我反省，青年时摸索頗苦，成就有限，當时爲时勢所遇，信笔涂鸦，量多质劣，及今思之，每自汗颜。解放后不敢复理旧业，则因山川人物日新又新，人人生活经验依然隘仄，偶有短短之见闻，每只具表象，未达本质，因是不敢多作。文革前闻人言，吾兄从事于长篇小说李自成，读书万卷，博采旁搜，稿已及半而不得不暂辍，今闻中间虽曾搁笔，而积稿幸存，观成有日，不胜欣慰。来函绍介全书有五卷之多，逾百万言，想见筆鋒所及，將不僅為閻王作傳，抑且為明、清之際社會变革繪一长卷，作一总結。如此规模，不愧魯殿灵光。蒙允抄示全书簡要，企足以待。弟之目疾診斷為：双目，老年性白内障初发期，右目視力〇、三—四，左目又有老年性黄斑变性状变形，視力一尺外不辨五指，治療一个多月，醫藥能使其不再惡化或迅速惡化耳。知関注，謹聞。即此敬頌

健康。

倪所冰 十月十七。

雪垠兄：九月一日、六日大札均悉。七律五首读后甚佩兄之敏捷、圆润，至对弟之谬许，则不敢当。彼时眼光短浅，而胆大敢为，所谓箭在弦上不得不发，及今思之，常自汗颜。目疾如故，未见好转，亦未见迅速恶化，老年病固无药也。服中西药将半年，九月初因感冒低烧，停服中药，稍过若干时当再服，虽不能确知有效，姑尽人事耶。李白戲傳內容梗概，想已印成鉛字，一讀。兄前信謂當倩一口齒清楚者為弟讀之，俾節目力，此事家中尚有人為之，何敢有勞別人也。月內擬遷居，乃四合院，遷居後當以新址地名門牌奉告，此時弟尚不知其何路何号，僅知舊名為后圓恩寺耳。匆此，敬祝康樂。

沈雁冰 七四年十月七日

徐遲兄來京時見訪，甚喜，並告近況。

九月一日来信，誤吳三桂降清為陳圓圓一人之被擄，又論寧武關戰役，具見卓識。由此想見全書中翻舊案者多多。企盼早日拜讀，梗概，渴望矣。

厥林又報，十月七日

此公：附上一信，请处理，看来此人是国民党党人员，也想反动。想知道这个人么。

我曾因病住院两次，第一次在八月下旬至九月中旬，第二次在本月二日晚。前天刚出院。感冒、腹泻、发烧而已，低烧缠绵，拖了十天光景、现在家服中药。匆此即请

俪安！

沈雁冰 十月十五

雪垠兄：十月十六日手书及油印李自成内容梗概均收到。同时，李自成出版社也送来李自成第一卷上下册，（精装及本）。连日已读上册，甚兴奋，若非目疾，少读辄止，则当已读完全卷。拟读完第一卷后再读油印梗概，当以鄙见奉告，俾作参考。先此走笔，并祝

健康。

沈雁冰　十月廿六日。

写潼关之战，脱尽三国演义水浒传之传统写法，疏密相间，呼应灵活，甚佩，甚佩。

雪垠兄：十一月八日大函及附寄的较为清晰的油印李自成内容梗概，均已收到。梗概已读完，第一卷上下册亦均读过。正想写点感想以供参考，不料中央统战部布置人大、政协部分在京人士（约一百五十人）集体参观京内外人民公社、工厂、大学；从明日起到二十日止，为第一期。以后还要有第二、三期。每日来去一天。因此，写点感想这愿望不得不暂时搁起来了。而我的目疾，以夜间灯光下不能写字，连许多不很紧要的信件都不得不暂时搁起来，恐劳悬念，特此走笔，敬希 鉴察。匆此，并颂

健康！

沈雁冰 十一月十二日

雪垠兄：十二月十九日手示及「李自成」最后一卷校样打稿本收到，因有集体参观农村工厂学校等事，致迟迟奉答，殊以为歉。

现在先略谈读完第一卷後的不成熟的意见，聊供参考。

一、一部大书以崇祯十一年冬清兵侵入京畿，崇祯、杨嗣昌等阴谋对清妥协，而以全力「剿」「匪」開始，把这以前的农民起义军的纵横南北及李自成的功勋等等都不作正面叙写，只在以后各章随时点補，这样的剪裁是極妙的。写崇祯君臣对卢象升多倚重用而又以高起潜掣其肘，便将崇祯的「朕非亡国之君」一语完全驳倒，此为刻划崇祯形象的第一筆，便已十分有力。既写卢出师，却又突然放下，迴而转入潼关战场，从此进入李自成本传，这个筆力也是惊人的。

二、第一卷中写战争不落「三国演义」等书的旧套，是合乎当时客观现实的艺术加工，这是此书的独创特点。以潼关南原之战为例，有时写短兵相接，有时写战局全面的鸟

※或刚愎人用，精刻多疑，貌似有为

没

险，疏密相间，错落有致。文字则兵分两路，同时空间而略有先后，写了自成一面，接写高夫人一面，并且在自成与高夫人一面仍然承势不凡。而两面有时交错衔接，更此布局极见匠心。官军方面人马众多，兵分部署多何周密，然而各将领互不协调配合。此又从侧面写出了末代王朝的臣子们离心离德，各有自己打算。结合第一章所暴露的崇祯之刚愎自用※（实则无能）到极点，贪贿、权宦之自私贪婪，已将明王朝之必然覆灭，暗示无遗了。

三、人物描写，在文字方面，李自成已超之逐渐进步，是结合了主要表现而不是作抽象的叙述，这是主要的成功的一点；张献忠性格也写得有声有色，而仍然突出他个本色，自是低于自成的人物。此外各将领，刘宗敏最有特色，是作者重笔写的第三个人物。老神仙是作者重笔写的又一人物。高夫人的作用及其性格本来是比较难以写得有声有色的，然而作者能把握其高，使这一个女英雄跃然纸上。至于明朝方面，崇祯等都以反面人物出现，独卢象升是例外，写他的战死十分悲壮，这是因为卢不是为了“讨贼”而死，是为了抗抵异旗侵略而死的；卢与后来孙传庭之死，事颇近似，但卢慷慨赴义，死重于泰山；孙传庭为「讨贼」而进退失据而死于战场，他这一死却轻于鸿毛。难怪吴梅村写了「雁门尚书行」歌颂传庭而对象升好像只在一「临江参军」中从侧面写其慨叹，可见清初文人颇忌畏缩之作。（也许吴梅村在别处还有类似的侧面写其意，不过我就记忆所及，只常诵杨廷麟此一诗而已。）但梅村此诗还是悲壮的。

四、第一卷稍长，是否当加改削，并征求高见，但我断断续续读完后，竟常不出何处应当改削，年来健忘，新读之书，只记大概，不能记细节，此情想当亮鉴也。

五、此书人物的对话，或文或白，或文白参半，似是就具体事物、具体人物，仔细下笔的；这不光做到合情合理，多样化，益加浓了其时其事的氛围气，比之死板板的用口语到底者，实在好得多。

六、第二、三、四卷梗概就其重要史实而言，我提不出可修改的高见。但看出来您于过去的各家的纷纭歧见，有取有舍，确有判断，并非随便拣来就用，这是难能可贵的。高级知识分子好坚持己见，将来全书问世，一定有不同意见，但此书毕竟是小说，不是历史，演小说也是一家言，亦从官书，不同意见，作之可也。我想总是有这勇气与毅力，坚定不移地照原定计划完成此巨著的。

七、（写到此处，已因迁居而搁笔——新居为大跃进路七条胡同十三号，距名胜法源寺，一匆匆即逾二旬，今诸事稍定，始能续写）。最後一卷之尾声总结李自成失败之原因，甚为巧妙；至于总结全书，重在前三条，似乎是不可辩驳的；此外，我有一点意见请考虑：现在展开历史上儒法斗争的研究，凡分析农民起义全都着重突出其反儒反孔；总此书写李自成之所以能号召广大农民，实质上有其反儒反孔的一面，似乎还可以突出，重笔写几个插曲，（似乎可以虚构），则更妥善。第一卷总本来还要修改，似乎在第一章中就可以突出李自成反儒反孔之措施，以後逐章加强。李自成内部矛盾之尖锐化与腐化，似乎也可挂批上儒法斗争。尊见以为何如？

贡献鄙见，暂时到此为止。

我因迁居故，书、物都未安置妥贴，家里竟无坐读处，故尚未通知克家兄。二三日後当通知他，俾将一书各卷内容梗概抄写本交给他。

知注并闻。匆此顺颂

祝胜利，身体健康！

沈雁冰
十二月廿三日

雪垠兄：十二月先日長函敬悉。弟成熟之見，過蒙重視，不勝慚感。來函論及李自成是我國歷史上農民革命之杰出人物，但仍有其历史的局限性，不為特富。歷史上由農民起義而成統一之業者如劉邦、朱元璋，當其掃定乾坤之时固亦輕儒，但既做了封建地主階級的至尊，就要利用儒家以求子孫萬世之業。至秦始皇統一天下之前，儒法斗争之特点是前者擁護奴隸貴族以反对新興的地主階級，後者則扶助新興的地主階級以打击奴隸貴族復辟之企圖。此在西漢前葉，形勢仍復如此。但漢唐以後，封建地主階級已成為社會向前發展之障碍，而作為彼時新興的市民階層的不自覺的代言人的当时一些法家，批孔則批孔矣，則而路綫不明，政綱不具体，此所以不能作為資產階級（市民階級）邏輯的發展的萌芽思想意識的先驅者，而自宋代即粗具規模之市民階級亦終于不能進而為中國的資產階級。弟作最後一卷將寫到李岩與革同作為西方之諜者果實現，則長江以南的商業資本主义將得到進一步發展而中國封建社會内孕育的資產階級萌芽將難茁壯長成」，此為據推論，亦理所當然也。

李午重門志從前詳第一卷已伏李自成失敗的一个原因：「問道于孔孟，求教于牛金星」，此語一針見血。作者修改第一卷，都意以為這根伏線仍當保存，因為李自成不可能像劉邦那樣自覺地輕儒重法也。時代不同，劉邦確實地意識到當時他的統一天下大業面前的主要障礙是六國舊的奴隸主貴族之復辟，而李自成當時則主要障礙為明王朝也。明朝腐封多，其時實並無實力，未足成為割據一方之勢力。但歷史人物的性格是複雜的，其發展過程也是複雜而曲折的。因而我以為第一卷中寫了「問道于孔孟，求教于牛金星」，仍然可以寫李自成有其反孔、儒的法家思想及其措施。歷史上農民起义領袖之所以能号召廣大農民，就在于反孔、反儒，因為自东漢黄巾以來，確是都從實踐中看出封建皇朝鎮壓農民、麻醉農民的法寶是孔孟之道，所以要号召廣大農民起义就得指出反孔的大旗，已于黄巾及其以後的起义英雄多半失敗，原因非一。若論李自成之失，第為不聽李岩之計先定河洛，以"华国"的方，而李自成对于清兵的威胁又轻轻掉之，"这个结论，我认为是站得住的。总想把李岩主要写成外儒内法，这是对的。可同时他也有历史的局限性，否则就是一个彻底、坚决的法家。

放甚第二卷初稿已打印完成，并承兄惠示以情节，甚为感奋。读时有感当随时记下，以供参考。但明、清之季的史实，我的知识极为浅薄，在这方面，恐不能赞一辞，所可略贡刍见者，大概是艺术构思及人物评价方面。

次韵克家诗两首极见功力。原诗跎、安两韵颇难押，只好仍用蹉跎、安安。第一首第五句犯孤平，而下二字不能改，信然。尤其因为绿窗、白发与下句之红蕊、青林乃是对子，故绿字白字也不能改。如果坚要避免孤平，试改绿窗为芸窗，白发为鹤发如何？芸，植物，鹤，动物，勉强可对，可见以为如何？但终不如绿窗、白发浑成，还是随它孤平去它罢。

目疾依然如故，左目之老年性黄斑盘状变形，据云国际上尚无治疗之术；右目之老年性初发期白内障则可使其稳定，不再恶化，现正中、西药并进。知注特闻。匆此即颂

健康，并祝新的一年中写著胜利进行！

姚雪垠 七五年元月二日。

雷根兄：二月九日及三月十二日来札，又李自成第二卷原稿第六、九、十三个单元都已收到。但青年出版社以月底尚未将第二卷其它各单元原稿寄来，这且不忙，我当慢慢地先看你寄来的，已看完第六单元。俟看完其九、十、两单元后，再打总看一遍，那时当记下读后感，准备参改。

今天不多写了，顺颂

健康！

雁冰 三月廿四日、

敝寓已改回原名：交道口南三条、十三号、以后来信，请这样写罢！

又及

雪垠兄：三月十四日来覆一信，想已收到。

青年出版社已将尊稿第二卷各单元送来。上月二十日前，我已把十个单元读完第一遍，正拟再读一遍，然后写下感想，以供参考，不料二十二日忽患感冒，体温卅九度，不得不住院疗治，至二十四日始后烧退，但医生说需继续注射以期巩固，接着又检查身体，直至本月三日出院，其间参加了两个活动，实皆在住院时为之。出院后遵董老之嘱，又积信待复，至今未能再读尊稿。

「五一」后日长，气候可望温和，届时将仔细把尊稿读第二遍，写下感想。眼下不能预计何日可以毕事，但我希望能在一个来月内做完。以期届时寄还尊稿，不误您再修改之计画。不知妥当否？盼示覆。

京中虽已春色满城，但间日每有五、六级西北风，而且干旱。西北风过后，春寒仍然逼人。不知武汉气候如何？武汉夏季甚热，而秋老虎也甚厉害。想来彼时将妨碍您的写作。希望直说。願如来信所云，在春天闯过第三卷的几道关口，在本年底完成第三卷初稿。

匆匆如不多及，即颂

祝胜利，身体健康！

沈雁冰　四月十四日

雪垠兄：四月十三日大函未即覆，甚歉。今又接奉五月一日信，敬悉一是。自去年四月十四日信后，琐事缠身，竟未能再读《李自成》第二卷原稿，并因四月三日大函说青年出版社后业遥遥无期，我就松下来了。“五一”忙过，估量此后三、四个月不会有什么需要我出面参加的活动，而夏长日暖，正好读书，计画在此时期通读第二卷原稿并照兄来信所提意见踌躇考虑的要点，贡献浅见，以备参考。我希望尽量竭尽棉薄，边读边记感想，不作泛泛评论，但恨历史知识有限，这方面不敢乱说耳。

无题六首对中国古典文学如红楼梦、水浒、三国演义的评价，甚为公允。经您指出，始知罗书于地理史实，漏洞甚多。空城计不合理，常人亦易觉察，经指出，洞若观火。鄙意以为罗书最大缺点是把孔明写成一个有点“妖气”的道士，把刘备写得近于无能。不知尊见以为如何？无题第一首是总冒，末联“匠心写出爪之细，不似清明上河图”，意义何不可解；不知是说清明上河图不及那些“史诗”那样“爪之细”呢，抑是说那些“史诗”不似清明上河图？水浒中人物写成功的不多，是确论。这六首诗亦论

中國的歷史小說，我以為足以既借鑑前賢，吸收
眾長，則外國歷史小說中之「戰爭與和平」似可一讀。
此書有董秋斯從毛特英譯本轉譯的中譯本，
比直接譯自俄文者為佳。一因毛特為托翁多年
老友，他的譯本是托翁審定的；二因董君於英
文精通而中文之修養亦足達旨傳神。我青
年時先讀毛特譯本，抗戰時見高某從原文譯
的中譯本，以為不如英譯遠甚。解放後見董譯，
認為似無有人再從原文精譯，而董譯終不可廢。
可惜文革後這本「戰爭與和平」董譯已不可得，有些
舊書鋪甚至列為「不開放」書目。我以夏季酷暑
不宜執筆，兄倘能有「戰爭與和平」董譯，亦一消
夏之道也。

書至此，紙將盡，又適有客來，即此打住，順頌

健康！

沈雁冰 五月四日上午

雪垠兄：

茲附寄《李自成》第二卷原稿《商洛壯歌》、《宋獻策救牛金星》、《楊嗣昌出京督師》、《爲間左良玉》四單元及我的讀後意見，（都同原稿並一起，掛號另包寄上），請檢收。其余多單元原稿容陸續寄来，本月底可以寄完。匆匆即頌：

暑安！

沈雁冰　七月十六晚

关於「商洛壮歌」

一、整个单元十五章，大起大落，波澜壮阔，有波谲云诡之妙；而节奏变化，时而金戈铁马，雷霆霹雳，时而风管鸾弦，光风霁月；即在厮杀征伐之际，又常插入抒情短曲，虽着墨甚少而摇曳多姿。開头两章为此后十一章之鸟瞰，随着文字徐徐展開全貌，有山雨欲来风满楼之势。最后两章则为结束本单元，开拓以下单元，行文如曼歌缓舞，馀韵绕梁，耐人寻味。

二、人物描写：李闯王、高夫人、刘宗敏、李过等，其性格发展，由浅而深，由淡而浓，如迎面走来，愈近则面目愈明晰，笑貌愈亲切，终于赫然浑然一个形象与精神的英雄人物完整出现了。慧英着墨不多，然给人以未来女将的丰采；慧梅在战场，受伤后，都写得声容并茂。但于此二女以外，突然又来了个黑妞，寥寥数笔，勾画出恰如其分的英武而又带点乡土气的性格和身段，这是出人意外的。

三、第一章開头大书「崇祯十三年中元节」，气象庄严，与第三章開头点出「七月二十日」前后呼应。（我以为原稿上「今天是」三个字是多余的）。第八章点明是七月二十二日，借李自成去石门谷路上回忆点出。这都是点明本单元内的许多事发生在医林短短的几天内。但我推算，老神仙飛馬為慧梅治箭伤，当在七月二十五、六日。「也许书中也这样写了，但我记不真」。我想，為求眉目清楚，似乎可用「老神仙进了屋，看见人们有在準備插香的，这才记起，今天离地藏王诞辰只有八天了。」以便同上面第一章的三十日期作呼应，如此，似乎章法更整齊。（江南风俗，七月三十日，小月则為二十九日，為地藏王诞辰，家家要燒棒香，十几枝成两行或单行插在地上。）

四、第一章大段对話很多，这些对話有的说明情况，有的回叙过去，多少因此弛松，往之有沉闷之感。建议：这些对話太长的应改文字描写，或者，有些带有回叙性质（不必）的另行改為正面的回叙，文字也求精简。

又有些大段独白，也觉沉闷，建议：改為一问一答的短对白，使文字流動活泼。

五、第二章实际上是補叙中元节前宋文富多次设法勾结王吉元的经过。有些地方或与第一章或与下面第五章重複，一些就是第五章的重複。似乎可以考慮压缩。馬三婆教唆婊兒如何用话勾搭王吉元那一大段文字，也可以压缩；但她用男女偷情作比那段话，似应当保留，因為这正是从側面写这「未闭门」的形象。

六、关于本单元題名：「商洛壮歌」不足概括内容，且犯下边的「商隐风云」。我以为不如用章回体小说每回目是一对联的办法，索性写为：

再巧成拙，郑制台棋输全局；

制敌机先，李阎王险度难关。

再者：兄曾说第一卷要修改再重印，那末，我建议：把原来的章改为「卷」，每卷包含数章，（其实旧章回体则为每卷数回），每章各起一付对联作名。每卷可长可短，例如「商隐壮歌」这个单元，是一卷。而「宋献策开封救牛金星」，「杨嗣昌出京督师」两个单元则可合为一卷：直题曰：宋献策开封救友，杨嗣昌襄阳督师。

七、「商隐壮歌」这个单元中，原稿多段，我读时有零星意见，另写在页边，此皆为文字上的意见，備参改而已。总观本单元各章，凡是打印稿，想是从前的原底子，都是一气呵成，文字精练活泼，而脉络部分想是近年修改的，却见得文字松弛，不及第二卷以後那様慓悍飛揚。兄意云何？

兹先寄上「商隐壮歌」原稿四册並附这点意见。其它单元俟写出意见后便寄。又前论李自成的反孔问题，我基本上赞成。容另函专论此事。此致

雪垠兄台鉴：

沈雁冰 六月七日

关于分卷分章问题：重读「商队壮歌」以下各章，且写了续作成，我对于分卷分章又有新的意见：

一、原来全书五卷的格局可以抛弃，将作新拟的单元格局也拆散，全书只有「章」，共若干章，分册出版。

二、每章拟一个对联作为每章内容的提要，此即章目，仿旧章回体之回目。举例：宋献策开封救友为一章，拟目为「相国寺刘体纯莫解　禹王台李伯言填词」。将嗣昌督师这个单元也为一章，也拟一付对联，概括其内容。

三、如果採取这个办法，则「商队壮歌」可分为四章或五章，章各有目，那就更加便于读者的翻检。

四、用对联作章目，在别人或须许为难，实在你正可大展所长。对联可长可短，每联格式可以变化多端，例如，配合内容如果联语要庄严，可用四字的两句为一联，共八句为一对。如果要跌宕，可用三、三、七的格式。

以上供参考。

雁冰　六月十二日上午

關於宋獻策開封救金星

此單元於恐怖中見從容，富於抒情味。好在只從側面寫「救金星」，而正面文字卻是宋獻策、李信的「合傳」。宋獻策的形象與牛金星、李信判然有別；他是個江湖策士，眼明手快，善予同各色人等周旋。而李信是個世家公子，在此亂世，不屑求田問舍，慨然有澄清天下之志，然文史傳統思想束縛很深；禹王台上填詞實為李信精神面貌的初步寫照。宋獻策的性格在此單元中幾乎寫完了，後來的單元只是少作補充，而李信的性格則後來斷斷續續逐步發展，直至第二卷最後「河洛風雲」似乎還在發展。

本單元中初次寫紅娘子，但只是伏筆，並着墨不多，卻有氣有色。本文最後提到楊嗣昌出京督師，為下一個單元開了路子。

鄙意以為若按開封卷格局，則此單元應為一章，題曰：相國寺到休徒事解 禹王台李伯言填詞。不在章目中點明「救金星」。

在藝術形象方面，這一章是很完整的，跌宕多姿，沒有一筆是多餘的。

阿冰 六月十六日記

关于「李嗣昌出京督师」

此单元上半部写崇祯在临李出京一节上之犹豫不决，达到了两个目的：一、把崇祯之貌似英明果断，实际上万事心中无数，举动乖悖，刚愎自用，猜疑多端等等，都作了极细腻的描写；二、把明朝的大官们庸庸碌碌，植党营私，甚荒唐无耻，刻画尽致。李嗣昌既以治世之能臣，并无拨乱之才，但满朝文臣武将中似乎他还是鹤立鸡群，此为进一步写明皇朝之灭亡之必然。

崇祯求签、骑马、下棋等小动作也是为求达到两个目的：一、刻画崇祯之主观自信，在小枝节上比陈后主等亡国之君还不如，却自命天纵英明，在左右之包围阿谀中生活而沾沾自喜；二、写周后、田妃、袁妃三人，初步刻画了她们不同的性格。这一大段的宫廷生活也不是闲文，写得都当深刻，而又波澜起伏。

下半部写李嗣昌到襄阳雷厉风行的派头，使见者或者以为这把李写得太高了，我却以为这正是侧面写李之伎俩不过如此而已，行辕中「奸细」始终不能清除，督师的一举一动仍为献忠所掌握，故表面对李似「褒」，实际上是「贬」。

此单元有一处文字可以精简，已在页边注明。似可商呢？因为没有如要写得那样繁琐；因其无助于表现主要人物的性格或主要线索的发展。

胡绳 十、十二、

关于「离间左良玉」

此单元最短，你打算仔细描写玛瑙山之战，我以为有其必要。因为它接连两单元的曼歌缓舞之后，应当来一点铁马金戈，使节奏有起伏。此单元开头第二十三章写张献忠对阿谈者的态度一大段文字似可改为简练些。

「玛瑙山之战」既然补写为正面文字，那末，战后张献忠不服气一段文字，似乎也可以改为形象地细描，加深对他的性格的刻画。

以上四个单元原稿先挂号寄上。其余六个单元，已经看了第二遍，随写随记所感，俟整理完毕再分批寄上。计划在本月底全部寄还。

至于大函中谈到结合儒法斗争一点，我基本上赞同你的看法。总说：「历史运动的现象（包括一个时代的具体人物）是很复杂的，不出乎当时的阶级斗争轨道，但不一定都在儒法斗争的范畴之内。」李自成领导的大规模农民战争是对付封建统治阶级的致命打击，其历史意义和作用的深度和广度大大超过了[illegible]地主阶级内部的儒法斗争；如能努力写好这一点，《李自成》这部小说就基本上完成了任务。」这很对。将来再另函详谈。此上

雪垠兄：

雁冰 六月十六日

关于「李自成突围到鄂西」

此单元并无大战，但通篇写得，用各种小故事来刻画李自成及其部下（从大将到普通战士）的忠、勇、高贵的品质。而中心点则写李自成在各种考验中的应变才能，也就把李自成的性格进一步展开，政治上逐渐成熟，不光是一个冲锋陷阵的军事领袖，同时也是一个统筹全局、澄清海内、拨乱反正的政治人物。这一点，借篇末李自成对部下的大段讲话总结性地表现出来。

这个单元有结束上文，展开新页的作用；新的一页就是李自成义军的大发展，及其驰骋中原。但作者却又另起波澜，紧接着却是「紫禁城内外」，而不是「闯王星驰入河南」，笔锋从义军转向末代皇朝的内外交困。这种横云断岸的布局，书中屡见，这构成了全书的一弛一张的节奏。

在这个单元中插进李自成与张献忠的矛盾，其作用主要是比较李、张，显出李是立大业、成大事的风度气派，而献忠却低一头，最多只能乘天下扰攘、割据一方而已。

雁冰 六月

关于「紫禁城内外」、

这个单元，我以为写得很好。详细刻画宫廷生活并不等于突出反面材料，而是相反，正所以充分暴露了统治集团之深刻的内部矛盾及其极端的腐朽靡乱的生活。这个单元把崇祯之无能、多疑、自以为是，事事处处受蒙蔽而自以为明察，无才无氣而自以为智慧过人（从他和田、袁二妃的下棋）等小事作了入木三分的刻画，等等，将这个至死犹自称「朕非亡国之君」的末代皇帝的形象进一步深化了。

这个单元又把满朝大臣、勋戚等的自私自利、互相轧倾，唯唯诺诺的本性，写得很生动。

这个单元，放手写周后。写周后这些贤淑善良之举，她也象崇祯一样，喜欢用「突击」的方法显示她的明察。她「突击」太子宫，看见太子和小太监玩摔交，就动了杀心，不但要杀小太监，还要杀那个在旁拍手助兴的宫女。她做生日，化了五、六万银子，还说是国家艰难，一切从简。

崇祯向李国瑞借助，最初只要十万两，李抵死不肯，却穿颈以前说不下十万之数，贿赂曹化淳等，这种深刻的讽刺，淋漓尽致地刻画了这班勋戚们的阶级本性。崇祯只向勋戚开口借助，而勋戚又选了比较疏远的李皇亲，不及周后及田妃的娘家，而且自己又不肯蒙受逼死李家的恶名，而使善于揣崇祯皇帝用心的首辅薛国观开口，这又刻画了崇祯这个自称圣明的皇帝是多么猜刻、卑劣、虚伪。

来信说，有人认为周后责母亲朝贺一段文字也有副作用，我看不出有什么副作用。

本单元的末，黄道周廷争一大段文字，稍可精简。我以为在这里，还可以虚构一个给事中之流的言官和崇祯斥责黄道周徒然攻讦练饷而拿不出开辟饷源的有效办法，同时他又请崇祯也向全国的封藩借助，不料这又触了崇祯之忌，也受了廷杖。借这个人的面奏，也可把明末所谓清高大儒们的不学无术，无经世之才，却以清高正直、互相标榜等之痛加揭露，作为误国之罪不下于昏庸贪污之辈。

本单元最后，写崇祯问曹化淳等，老百姓对廷杖黄道周有何反应时，似可补加一段：老百姓还讥讽黄只攻杨嗣昌，却不敢把当朝大臣之贪污无耻，封疆统兵大吏之纵兵殃民，敛良冒功，克扣军饷等之罪行，以及皇帝之信任宦官，不知他们无恶不作，结论是明朝不亡，是无天理——等惊心动魄的话都瞒过了。

总之，我以为这个单元是写得成功的宫廷生活的细笔描写，有两个要：一以加强本单元了形象化，一以序皇朝封建之繁琐仪法、浩大开支，吸尽民脂民膏，存档备案。

阿冰　六月二十日

关于「闯王星驰入河南」

本单元开头以闯王召集众领将开军事会议的形式把当时全国范围内各路义军与官军对峙的形势，河南人民纷纷起义事，作一鸟瞰，提出重大战略方针：出郧阳山区，急行军突入河南，不攻城，只破土寨（地主武装据点），夺取军资粮食补充自己并赈济饥民，放手发动群众，扩充队伍，加紧练兵，待时机一到，就要驰逐中原，大干一番。所以本单元为开拓此段大片文章的前奏曲。

张、罗在四川的战事此处只轻轻一点，而留在第三卷中详细描述，这是个好办法。「伏牛冬日」中闯王与牛、宋、李讨论推翻明皇朝后为万代开太平的土地改革等治国方针，在这个单元中先借孙本孝的一番话作一伏笔。宋献策献图谶在此点出，既以为宋进身和取得信任的因素，更为目前迫切需要鼓舞士气、加强部属团结之要着，也为后文金星主中建元称王作伏笔。

总的看来，此单元在全部中的作用是继往开来的转捩点，与「突围到郧西」有异曲同工之妙。

在此单元中，突出描写了刘体纯等小将的成熟，为大扩军时提升为独当一面的指挥官作伏笔。

读者看到末尾，以为接着来的会是金戈铁马的文章一定是写闯王纵横中原，但作者却从探马报告李公子入狱」转入「李岩起义」，这样布局是很好的。

本单元的对话，前后有重复之处，似乎可以再精练些。

雁冰 2月二十日。

这三个单元，今先寄上。以后的各单元容整理笔记后续寄。我自己只读了两遍，但原稿头绪众多，穿插较费苦，我不能强记，每每读后失前，所记读后感殊觉草草，聊供参考而已。

又及。

清閣先生：五月十日手示及詩敬
悉，遲覆為歉。前詩情文並茂，
甚佩。承示賭志可以中藥治療，
至感關注。目疾曾服中醫眼科
專家（成都中醫院，年已七十多，友
人介紹關方遠）之湯劑半年有餘，
也服過石斛夜光丸，但未見好
轉。白內障用西藥，（內服，點眼，注
射），已使其不發展，但黃斑盤狀
變形則無法可治。據云國際上對此
症尚無辦法。全國中醫眼科專家
尚無治好此症的病例。至於兩足
軟癱，行路蹣跚，上台階要人扶
攙，也是無法根治的；少量散步
有好處。李健吾生前善走，而謝世
前五年兩腿癱瘓，百計醫藥無效，不
能下地，要用輪椅。因此我不作奢
望。閣下引太白詩「未顧君未老」，人生
而為幻象，而「白髮我先秋」則实

知久病之情闕來函不延年世。謹為

祷祝，天從人願。

閣下大病初愈，乃既作長函，為

賤恙籌劃，又賦詩寄懷，捧讀之余，

感謝何如！近因目疾又添晶体

混濁，常有黑点在眼前飄浮，作

字更感不便。本月前往射A.T.P.

等，昨夏診認混濁現象稍有

好轉。祝願玉体從此大安，也私願

賤恙于再要化。來書大作當

敬珍藏，以為永久之紀念。

匆此佈覆，敬請

痊安！

沈雁冰 上言

六月廿四日。

曙根兄：昨接来函，收到「李自成到鄂西」第三卷单元原稿后的来信，敬悉。我读后的意见实在粗浅，乃蒙重视，惭愧得很。现将拙著寄上最后三个单元的原稿。

来信言及要在创作实践中探索的技巧问题，统自系「长篇小说的美学问题」，是否预备将来写论文？我对于「李自成」第一、二卷原稿的读后琐记，谈技巧方面多，实因对史实无多贡献意见，而技巧问题谈的也是老生常谈，以視今日談構造藝术形象之論點之新頴驚人，望塵莫及，御端之道也。現在姑且先就歷次來信所談的李自成與批孔問題，這部分説對今日宣傳儒法斗爭史之关係問題再説幾句。

兄三月七日長信中的意見有三条：（一）在全書中要努力寫好历史上的階級斗爭，至于批孔，須要重視這个問題，但不強拉硬湊。（二）李自成和朱元璋都是領導農民戰爭的杰出領袖，……二人各有特性，但有許多的共性。他們都受了儒家思想很大的影響流毒，都按照儒家的政治思想去建立封建皇朝，……只是一个成功了，一个夭折了。(三)根据现在所看到的……文献资料……李没有过反孔的政策和措施，倒是相反的资料不少……他是历史上杰出的农民英雄，至于思想和作为情况的一面是受封建社会的经济基础所决定的，两、三千年的传统的思想在当时还起着支配作用。(四)，历史上运动的现象是很复杂的，不出乎当时的阶级斗争的轨道，但不一定都在儒法斗争的范畴之内……」

請就這四点，依次談々淺见，聊供参考。(一)对第一点，我赞同您的重视这个問題，但不强拉硬扯上的主張。其实，领导农民造反，虽无反儒言論，实质上就是反儒。因为儒家是反对犯上作乱的。但这不等于说，这个农民起义領袖就已思想上肃清了儒家思想的流毒；問題是应当这样辯证的地看的。馬克思出世数百年、封建经济基礎的当时封建社會，若果要求他像今天的那樣徹底批孔反儒的人物，那才是不合社会发展的规律，是不符合历史唯物主义的辩证的。这是兄的第三点中也已谈到的。抑尤有进者：先秦的儒法斗争，儒家确也倒退（儒家复古，保护行将消灭的奴隶制，反对新兴的封建地主进入历史的舞台）；而法家则反之。但在汉武以后的儒、法斗争，不能不说是在支持封建制度的大前提下的封建阶级的内部斗争。鼂错是法家，因其反对割据的藩王，主张中央集权，但鼂所拥护的中央政府仍是个封建大地主利益的最高代表者。鼂的头脑里丝毫没有先秦诸子当时由于经济基础改变而产生的对于流行政治制度的批判的思想。王安石敢说"天变不足畏，祖宗不足法，人言不足恤"，对儒家治国平天下的三大支柱都否定了；但是他的新法仍是在稳定封建制度的基础上力求缓和当时阶级斗争，以及当地封建地主阶级的内部矛盾。至于李卓吾，他批判的是汉代以后儒家的金来金[illegible?]说不通的各种反动论点，他也没有提出他的哪怕是合乎马克思主义的万分之一的社会发展思想——历史观。我们不能责备李卓吾，因为他是脱不出……由此階級和時代的限制的；但我们仍然给李卓吾在中国思想史上以应有的地位，因为列宁说过：评价一个古人，不是把他同我们现在的思想立场作比较，而是要看他比他的前辈们的思想立场有多少进步。至于您的第二步，我以為少着墨為佳。也不妨仿像「蜀碧」所记张献忠在四川考秀才那样的故事，虚构李自成杀了几个反抗他、诽谤他的学台（口头）的儒生，在教口头传播这件事要突出李自成的作用。

以上浅见，（其实皆是您已考虑到的，）聊供参攷。专此不二、即颂：

健康！

雁冰 七月一日

（我不过就此发挥一些而已。）

关於「李岩起义」

此单元有金鼓齐伐，又有花团锦绣。进一步刻画李岩性格，初步描写红娘子；是一个比慧梅等高一筹，不亚于高夫人而又不及高夫人沉着练达的女英雄。

汤夫人性格在这单元中是全面、充分用重笔描写的，因为汤夫人只在此处昙花一现，故须描出她整个性格。作者写汤夫人有步骤，未出其人，先出她的一封信，这封信已概括汤夫人的精神世界。然後在她与红娘子谈心，赠物留念，这些物品都有深意的，首饰中有汤家嫁妆中的，也有李家祖传的，这已寓意汤夫人以红娘子为自己死後接续李氏香火的人；而特有深意者是那口古剑，即梁红玉曾用过的，这明白寓意红娘子将像梁红玉辅佐韩世忠那样辅佐李岩。既赠物以示意矣，汤夫人又谆谆托付红娘子不离李岩左右，保护李岩。这再明白不过了，汤夫人决心自尽，而荐红娘子为续身，并即李岩未来的正式夫人。在这里，我以为汤夫人的形象是写得恰到好处的，并没把她写得太高，而且写汤夫人之不同于流俗大家夫人，正所以衬托红娘子之不凡的品性。再者，如果把汤夫人写成像一般大家闺秀那样只知吟风弄月而不明大义，过于优柔寡断，便配不上李岩，便不好解释李岩与她十年夫妻相敬相爱之情；写汤夫人亦以所从侧面衬托李岩。

写李岩起义极有层次，对付知县的阴谋，嘻笑唾骂，目无群小，是第一層；见「李」字大旗先怒而后释然，是第二層；读汤夫人信而心潮起伏，激昂而悲哀，彷徨而惆怅，交缠在一起，是第三層，下最后决心，处分家產，遣散家奴，是第四層；行軍途中，三个面目对付三次不同人物的诱劝回头，是第五層；投奔闖王从红娘子建议，经过犹豫而终于下决心，是第六層。在投奔闖王一事上既写了红娘子的识见超群，也写了李岩重视红娘子非同寻常。

此单元中，有个别段落，文字上尚须更求精练。

红娘子一上場，对李岩说的「县官我杀啦……」一段话，爽利非凡，英气逼人。

雁冰 六月二十四日、

关于「伏牛冬日」

这个单元是不容易写好的，因为只有议论，没有战斗场面。作者也感到必须在长篇的学术性、政治的讨论中弄进一些插曲，使文气活泼。这些插曲为红娘子拜认高夫人为义母，红霞述红娘子的悲惨身世，为李自成和李岩等观看军队操练，为红娘子教射等等。红娘子为什么起义，也在这里用红娘子自述的方式补出，在本单元末尾写到宋献策为媒给李岩和红娘子定了婚姻等等。

在长篇议论方面，有讨论建立根据地问题，有目前军事行动（破洛阳）问题，有天下既定后的土地改革（均田等）问题等等。也有建立火器营问题。

总的说来，在上一单元大慈慈的文字以后，需要这样一个单元来调整全书的节奏。

但本单元中仍有个别段落文字可以更求简练。例如郝××痛述三代血仇一段，红霞述红娘子身世一段，红娘子教射一段。

雁冰 六月二十日。

关于「河洛风云」、

本单元開头起用郝摇旗一段，文字太長，有喧賓奪主之嫌，似乎可以在不妨害刻画人物性格及李與老干部相互信任関系的範圍内，把文字之简練些縮。

本单元後半，李自成放棄洛阳，奔袭開封，即有不打算經營洛陽，以為根據地之意。李岩、牛、宋在这一点上與闖王及追随多年之陕籍將領頗有意見分歧，而李岩等三人在此問題上的不同中又有小異，这一点，似乎还可以写得明確而深入些。最後，以红娘子对李岩的一番願坚守洛陽（以自己原先的部队）的慷慨激昂的話，表達出李岩、牛所有而不願出之于口的苦衷，為李岩之終于不能不因讒而被杀的结局作伏筆。

高夫人不赞成闖王即时建元稱王，與李岩同，但出發点不同，這種区別描寫也反映出二人的出身階級背景與经歷之不同。

这个单元是承上啟下，有全书大關节，亦即闖王事業之大轉折，即在此與此有关者应用重筆濃墨，而與此无关者可尽量简練，俾能突出本单元之主题。

从全书看，本单元與「闖王星馳入河南」都有继往開来的轉捩点的作用；当然，本单元内线索事故，比「星馳入河南」这个单元複杂得多了，所以两不相犯；但因两单元中间只隔開另两单元，仍有重叠之感。是否可以設法避免，一当然不動搖本布局、

雁冰六月廿日、

秋江孤帆，画甚有飘逸之意致，节录原题，倘若裁去，则于全画布局有损。当珍藏之，不以示人也。又及。

清闲大姊：

三月廿四日手示及所绘山水册页拜领，逸霞为欢。此因检查后，发见潜血，医说是胃病，透视並摄影，奔走医院，並稽查血。胃患各体大有起色，甚慰远念。素食大佳，望能坚持；我国十年前肉食太多，胆固醇高，血管硬化，今已无效。A、T、P、等，近暂停注射，亦因吸收不好，硬块增多，已无下针处也。

前示原诗本佳，今改的更见匠心。夜阑孤静等四句对仗甚工整。我於舊体詩詞粗知未解，亦胆妄言，不知有当否也。

晶体混濁，自注射A.T.P.（前後才二十針），医又檢查，說有少少效果。现在暂停注射、只点晶明眼藥水，此為日貨，红色，不知原名，晶明乃医院取的中國叫法。拟今此对晶体混浑要有効。承寄示A.T.P.日制说明書，又對賤目疾殊致関切，感銘無已。敬祝閣下老病此次霍然後，不再復發。臨穎匆匆，不盡，即頌：

痊安！

雁冰　七月七日、

清闲大师：

接奉惠赠杭州名茶两盒，敬谢敬谢。因值梅天，茶叶稍潮，但未生霉。知清持闲、美新茶清香，您特托人購贈，真是感谢不尽。请以后不要再那麽费心了，您病中多此周佳，我实在万分不安。

近因大便潜血，透视肠胃并拍照片，据云并無溃疡，但潜血依然，但甚轻微，连验大便三次，有无多来，因而猜想是内外痔带来的一点点血。那就没有什麽值得忧虑的了。

趁机全身检查，除冠
心病外，余无大碍。但因
肺气肿（也是轻微的），气喘
稍有增剧，但也不是一时
就要命的毛病。
目疾依然，读写都不便。
可喜想已痊可，念念。
匆此敬请
暑安！

晚　阿冰
七月4日。

佳閔大夫：十五日大

示敬悉。賜悉承關注甚感。

檢查結果，已知腸胃沒有問題；大便有時帶見血迹大概是痔有內外痔之故。內外痔不甚嚴重，无須動手術，且本年紀大了，深恐動手術反致橫生枝节，成了俗語所謂好肉上做之瘡也。

大凡痔患都是慢性之病，而有同感；又謂只求帶病延年，更有同感。但我有不安之師處，即左目黃斑點狀變形乃不治之症而右目視力僅〇、三。初期白內障不足畏，而晶体混濁引起之眼前黑點飄浮，却于閱讀書寫都不方便。來示謂移硯學，而視我為前輩，不敢當；我輩皆可白屋兒，以事文字生涯，或有先後，其實為同一時代人。「收拾鉛筆歸少作」，其時「青年都為稻粱謀」，今待解放後，我則已過中年，才力已盡，了無成就，俯自愧恧。但只有力求與相造詣稍有寸進，此亦無聞之也。囑為寫十幅，敢不遵命。

但书房要为，聊备一架，置以存念。家中日来甚热，室内亦有三十度，据云更热的日子（最高温度可上四十度）还在后头。听说上海也热，不过有雨，想来还可稍稍解暑气。小幅容稍凉后即写寄改。匆此草覆，即请

暑安！

沈雁冰 七月廿三日。

前此曾奉一函，谢谢惠赐，想已收到。又及

陈阅大师：

七月六日来函敬悉。因体检未竣，迟覆为歉。现检查结果，肠胃正常，血压因服降压灵而正常（但不能停服），肝功能正常，疑是病未有发展，但肺气肿似有进展，近来小有走动即心跳气喘，不能说话，医生说我本有哮喘病（十多年了），近因马齿增加，又添了肺气肿，所以如此，谆嘱步履动作须慢吞吞，庭园中散步如觉心头抑塞，即须停止云云。又说话也要慢条斯理，並且安當。因此種種，出外参观，只好割舍。西南之行，我再三考虑，终于不去；如果去了，恐怕也要像罗敦章那样几乎死去。罗心藏病猝发，抢救事方，一离氧气罩，心跳即趋微弱，以来用手机改装前舱，带着氧气罩上机，医生、护士随侍，好容易到了北京，再进医院，现在已脱离险，我们须静养。她的年龄比我小得多，平时身体矫健，动作利落，谁也料不到会忽然病发至于如此嚴重也。

灵芝治肺气腫及慢性支气管炎一説，我前因年信服年余，竟無效果。灵芝本不入藥，现在人工種植，随处可以買到而且價廉。于卯上市之黃瓜，浸泡、煎熬，服法多種，壯年人少数有效，至于老年人则了所经机器拔處的年代，就不灵了。

至于白内障眼，内服药，注射A、T、P、已有控制。飛螢仍时有之。少用目力即没有。石斛夜光丸有比我年轻二十来岁的人服了数年，无任何效果。我服过半月，惹起腸胃失调。过多人体氣，千差万别，藥石对时起

（例如感冒等等）一般效果相同，对老年慢性病就不然了。我是肝下垂一指许，据云与肺气肿有関，尚无不碍。上周甚闷热，有雷雨而闷热不解；今日放晴，稍稍觉得松了口气。趁此作覆，并颂：

暑祺！！

沈雁冰

八月十二日。

雪垠兄：七月中两奉手示，因事，因天热，致未即覆为歉。日前得克家信，谓兄将下去二、三个月，不知确否？此信仍寄武昌，想可转到。

七日寄函谈书中汤夫人之情节，吾兄将更添几笔以突出之。分析封建时代经常可见的女子、有识有胆之大家闺秀之心理甚为精辟，我极为赞成。一部古书，岂但要把若干正面人物写得有声有色，也将要求貌似陪衬人物而实重要的有典型性的人物给予一定的地位。汤夫人确为贤达。明末有不少奇女子，但从来记明末佚事之书籍

多着胭脂爪塵中人，而未
及古家閨秀。記古家閨秀者又多
佳並無詩、詞，乃至附錄「死節」，
而未及續我明史有膽識之
古家閨秀。湯夫人真乎史無徵，
然于理為必有，得妙筆創造了它，
實可補明末社會浮世繪之缺點。
此為我極力慫恿德加濃湯夫
人形象之又一原因。
前面論及第二卷全書佈局及再
修改之意圖，甚是。「高陽壯歌」
雖無古戰，卻寫得有聲有色，比
有古戰還緊湊些。又擬以義軍方
面，陰陽、開封三種不同氣氛交
互穿插，對比映照為主旨而修
改補充之一大段文字，計畫甚妙，
技以上之難處，達一定紓解決。

这样一来，此部分将较现成了，稍更为精采，可预卜也。

十四日大函谈到回目问题。我这才知道您写第一卷时就打算用回目，并撕掉了一批回目，后又烧掉，则是想摆脱旧传统。但鄙见以为旧传统不妨以古为今用的方法而化为新者。回目的造句格式是旧传统，属于形式方面的；但回目的内容，可出奇制胜，不落窠臼。例如鲁迅杂文集「伪自由书」、「准风月谈」，就形式而言是旧传统，但使来新鲜有味；「补天」、「出关」、「理水」等篇名也如此。廿二，寄函谈「李自成」将有两百多章，每章用回目，不胜繁琐。但我前次信中也建议有些地方原为两章者，可併为一章而用一个回目，至于每章字数必求均衡，我看不必拘拘。况以总观各个单元论，其字数多寡与每单元并不平衡，但亦有相差甚大者，则改之为章亦何妨，长短不齐。鄙意如此，供考虑。

京中本月来潮闷异常，今仍如此，然已立秋。贱躯粗安，但为检查身体，本个月前经常跑医院，今则未复，一句话，多种老年病有的维持现状，有的略见恶化，一如气喘是。好在我是闲人，过着優閑的日子，想来还可拖几年。匆此即

颂：

著祺！

雁冰 八月十四日

乃超同志：日前承杜颐路续甚快。中山大学学报第三期鲁迅新文昨已读过，并读了佳料、编者附记、中文系所集材料、少值的在革命的道路上不断进击等。我也认为鲁迅这篇新文的发见，甚为重要，可以补正向来对于鲁迅早期发展阶段的说法——即认为鲁迅之从进化论转到阶级论乃在一九二八年初。尊意以为如何？

鲁迅此文写于一九二七年四月十日，越两日乃发生蒋介石反革命政变，但鲁迅此文却已预见此政变之必将发生。至于此文何以直到五月五日发表，猜想是國民新聞的編輯將發此文付排而忽得政变消息，怕惹禍，于是臨时扣住了。但全集未收此文，想因魯迅後來離穗經港回滬时，行色匆促，未將發表此文之副刊收存，故後來在「鐘樓上」一文中提到的「給一篇做文章……」顯指此文，而云「能否終于沒有印出……」是误记。尊見如何？、

日來秋老虎施虐，為近年所未有，尊体及尊夫人哮喘受影响否？、深為掛念，千万珍攝。

匆此，並請

儷安！

沈雁冰 八月廿日、

雪垠兄：十月三日来信

於昨日收到。恰于前日，（七日），

我知道一个好消息，即人民文学

出版社奉中央指示，派韦君宜

等二人将於今日飞汉口，就《李

自成》出版事宜与兄商谈。

为此我真为兄感到高兴。接

此信时，想来兄与韦君宜等早

见过了。我近来身体较好，仅

大便有潜血，还在检查原因。

日前为我代笔写信者是我

的弟嫂（内弟妇），今夏来京住

我寓所多时，今已回川，所以此

信就自己写，但还不能写长信，

只好就此打住。匆此即颂

健康！

沈雁冰 十二月九日 上午

此信写好未及寄出，又接到您十日短札，知您已知毛主席批语，及江晓天即将去武汉事了。但我所说韦宜君是去人民文学出版社的，因为一人也是人民文学出版社的，我的说想去人文社工作，我的消息是从她来的。我于十月二十三日信中曾戏言出版社将搁存此书，今果然。他们如何处理，仍盼来信俟你告知。

又及

清閣大妹：十月九日函早悉。因方便醫血及其它宿疾，检驗治療，迄今始告一段落，即作此函，以释远念。医说我尚无性命交关之毛病，但各种器官机能日渐衰竭，节劳、服中药，尚可拖数年。承告新药「核酸酵素」，当与医生謀之。匆匆手覆，即頌

健康！

沈雁冰 十一月五日

目前最引以為苦者乃是眼疾。諸藥無效，不能多看，寫字亦困难，今日陽光明媚，故能作此書；若陰晦天则不能也。

博谷大嫂：

吉札及晚荷逸趣小幅均拜读。此时我因肺炎住院治疗，未能即覆为歉。此次住院为今年第五次，上周才出院，现在体温正常，但白血球稍高耳。适又患感冒，甚念。但注射ATP等后即痊可，甚欣慰。我每次注射，吸收不好，臀部硬块累累，三、五针后即无下针处；此次治肺炎乃用输液。目前仍服中药，因西药无效，口苦干异常。不知何故，此次病后，手抖，写字不听指挥。

晚荷逸趣极清丽而又俊逸，令意耐咀嚼；我将宝藏之，故人手迹中又得一珍品，感谢之至。尝思作长卷以赠，并请指教，不料匆匆数月，而药炉为伍，未能如愿。且看春节以此天气转暖，贱躯或能较健康。京中自国庆后即干旱，气温乍高乍低，老年人感冒者甚多，北京医院"客满"。闻今年十一、二月，成都、重庆气温低至零度左右，昆明大雪，而西藏却暖和。东西北、沈阳以南大雪如往常，而除夕后则极暖，树木已发芽。气候不正常，岂独中国，亦全世界问题也。

匆匆写不多谈，即祝：

健康！

沈雁冰 一月十一日

周总理终于去世，此时天一霹雳，不胜哀感，从此中国及世界失一伟大的无产阶级革命战士，外国报刊连日均称总理的功勋与高超的品德，中国（华侨）及此引起全世界的注意，此在民国时代不可能也。

清谷先生：月廿三日手札，欣悉故人
清佳為慰。來函謂在影片中見我
訪問不像八十歲的人，那是一年前了，
今則大不如前，自然律，規不能逃，
非藥石所能奏功，況我不能注射，
因不能吸收，兩針即硬塊作疼，久
人不能平復。甚盼尊影早日見惠，
有去年所攝一影，茲先奉上，意在

催促剞劂早事也。不见已卅多年，我印象中还是在重庆的样。我也衰老多了。看照片即知，这是去年七月初八十岁时在家所摄。来函说室温二十五度始生火，足见体气甚佳，我则二十五度就不能受。经常在二十度以上，即此可见体气衰弱。匆此即颂

春节快乐！

沈雁冰 二月一日

佳吝大姊：手书及玉照均悉，德说倘若相遇，会不认识了：但如果说是德则细看后，神采不减当年，仅稍清减耳。至于下走，则老态龙钟，非复从前面貌。写小幅留念，本当应怀，只因去年多事，故作稍长之旧体歌行，而久久未成。近日方作速了此愿，特闻，请释念。匆此即颂春禧！

陌冰 二月十七日

寿石古物々信及茶叶均收到
谢々。所以迟复，因病〇高烧至卅
九度五，敬手送丁老（命）住院，上星
期始出院。新茶叶难得，但割爱
分寄则殊不安。家少喝茶，家中
人都不喝茶，惠赠太多，恐须两々
月才用完，则又为陈茶，有负美
意。匆复即颂 健康 雁冰 六月
五日

雪垠兄：六月首手书敬悉，无任欣慰。以十时后，克宗兄寿改德俟天气秋凉后再谋一叙，我则以为秋凉后恐必多此一举；但旧友同在京华，共聚欢谈、亦一快事。届时乞容我布置，为兄寿作一二卷数青颂，亦为克宗七十寿也。承示拟于七月三日、或五日往颐性谈，甚洽解颐，惟请于午后。我处电话为44、4089。届时如蒙先电告，则更妥。匆匆复颂：

工作胜利，身体健康！

俪冰

六月廿日

倩谷大姊：

七月十九日大函奉悉，知又逢地震，幸无损失，但生活失序，因此未覆为歉。今又得二日来函，知常关注，感谢感谢。廿八凌晨地震，家中没有损坏任何东西，房子尚牢靠。但为防万一，公家在我院子里搭了个帐篷，住了一个星期。现虽未解除警报，但已可回屋内居宿。市民露宿于街上者仍多，有些老、旧砖墙房子或倒了墙，或塌了顶；然未伤人，且多在僻远小街。据云：余震可能要延至个把月，但不为害。京中熟人都平安，请放心。

此致

敬礼！

沈雁冰

八月六日

思公大鑒：昨奉手教，多謝，並將許明來信寄上，請酬办。我暫住之處為三里河、南沙溝九樓弍號門，電話為86.0880。如此即頌：

健康！

謝冰心 九月十一日

并夫人均此問候。

卓

德容大姊：重陽前四日大函奉悉，那时正因連續感冒，气管炎发作，未能即覆為歉。舊居（交道口）為防震而拆掉重建，自八月卅日即遷居阜外三里河新建之住楼暂住，一週前重建完工，後又搬回。两个月中，國家迭遭大事，幸華主席英明果斷，及时消滅了反党集团四人帮。揭發材料，港上甚多，此間已知，毋需再傳述。我的两次搬家，因書物甚多，費时間精力不少，今始将安置妥貼。遲覆，勞盼念，草草奉覆，恕之恕之。專此即頌

时綏！

沈雁冰 十一月十六日

此间两次下雪，气温白天最高為零度左右，晚上最低則為零下六、七度。今年冷得早。

雪垠兄：

十一日大札及《李自成》第一卷前言打印稿均悉。（已搬回原处一个月有余了、）打倒四人帮使《李自成》出版更为顺利，也使您在前言中能够痛快地把江青之流的歪曲、叛变了毛主席文艺思想的罪恶行为尽情指责，为典型环境中的典型性格学说及毛主席号召的革命现实主义与革命浪漫主义相结合的创作方法详加阐述，真是大好事。前言中提到的几个问题，我完全赞成。三年前儒法斗争史的研究，经四人帮别有用心地搅乱了，一些问题，不容有不同意见，实行帽子政策。像就李自成之例，辨明农民起义领袖之非必反孔，也打倒了一个公式，但是估量还会有读者不赞成，甚至说您歪曲了农民起义领袖的。不过，可以摆事实讲道理来展开辩论的。

前言中「崇祯与杨嗣昌」一段有「还由于中国那时分裂为两个国家」一语，似乎不妥。那时虽然在满人统治下有大片原属于明王朝的土地以及不少汉人，但还有两个敌对的国家，其统治者不是同一民族，兄见如何？我近来常咳嗽，又无事忙，此信不能长，等待你有空时再来信罢。即颂

健康！

顾纵 十二月十九、

雪垠同志：昔日長信收悉，兹附

寄还「前言」打印稿一份，请收。

你怕「前言」太長，擬将论书中几个主要人物和藝術寫作的一部分（即前言的最重要且最長的部分）作為第一卷的后记，我以為不妥。就一般讀者而言，如果是对此不感兴趣的，放在前边或后边他大概都不看，他急于要看小说本身。如果就讀者中间对歷史或藝術寫作很感兴趣的人们而言，他们是急于要知道作者的观点的，放在前边為好。可能，只要有内容，並富於論辯，長一些不妨，且愈長愈好。等意以為如何？

搬上銀幕，我先以為一、二年内事，看信，才知七八年前方能開始摄制。那时，「李自成」全书虽未出版，大概已出齐第四卷了罢？最好您爭取第五卷初稿已付排，可以腾出較多时间来協助改编及導演上一些事情，例如不要把明朝士大夫的对话寫成现代话，起义将士及勞动人民的对话中也要防止出现新名词。从前拍过戏剧历史影片，如甲午之战、李时珍传奇，但都是没有小说原本，编剧者自己创作，现在从原作改编，问题就不同了。改编有所依据，这是有利条件，但也因此而有所拘束，这是不利之处。何况像这部书，人物如此之多，故事如此之繁重而曲折，有战争场面，有宫廷描写，改编者的任务实在很重，我觉得若非通读原作数遍，对原书的伏笔、关目，都瞭然于心目，就会不知如何改编。而且有原作者，观众更要对照原作看影片的。金光大道已成上集，但下集迟迟未能出手，有些观众以为影片比原作简练。将来李自成搬上银幕，或许观众们会觉得影片太简略了。原作的战争场面，用上万字来描写的，在影片中或许只要十几分钟，但原作的抒情的描写人物内心活动的场面，在影片中要处理得好，颇不容易，这要看改编者的本事了，想来有把握。

来函论目前文艺评论、文艺创作上一些积重难返的弊病，慨乎言之，实有同感。在这方面肃清四人帮的流毒，还有许多工作要作，得慢慢来。论「红楼梦」一段话，正是四人帮尤其是江青，歪曲主席原意的又一个例证。把曹雪芹当初脑子里一些影子也没有的资产阶级上升期的意识形态和封建地主阶级灭亡期的意识形态，两者之间的斗争，硬套上大观园里的痴嗔爱憎，真是极形式化、概念化之大成，而形而上学的伎俩。若论封建社会女性对爱情自由的向往，对婚姻不自由的反抗，自国风以来便已有之，「国风」郑、卫，反映了从奴隶社会转向封建社会此一历史时期的男女关系的转变，但严男女之大防，是儒家礼法之一端，十五国风时期似乎男女关系本来还是随便的，与市民意识无涉，这对美化林黛玉太甚者是一大棒喝。

信长了，意有未尽，适又有事待办，姑止于此，顺颂，

健康！

沈雁冰 十二月廿一日

辛之同志：

接來賀年片，謝謝。此為兄自製，新奇大方，當永藏以為寶。新得趙清閣自製詩箋一件，此箋即是，作為覆書，亦投桃報李之意，不過我送李是借來的。匆覆，即頌

春禧！！

沈雁冰 七六年十二月卅日

子銘同志：大函由政协转来，已为八日下午，您已上车久矣，所以想来已过天津。失此见面机会，极为可惜。南京师范学院研究的楼梯的一些不认识的教师们常有信来。不知您去南京大学否？有暇请来信。即颂

健康！

冰心 一月九日上午

地址：文道口南三条，十六号

清阁大姊：：十二月八日大札遲覆為歉。欣惠起居清佳，甚慰。粉碎四人幫，人心大快。所謂「組閣」名單，此間亦有所聞，大致如渠上所傳大致相同。喬冠華已撤職，劉則為部內群眾所鬥，她這部長大概也做不成了。上海四人幫甚猖獗，可笑他們經營多年，自以為是根據地者，實則失盡人心也。京中近日嚴寒，最低溫度到過零下十七度。上海如何？據聞杭州曾下大雪，厚五、六寸。北京則未見雪。賤軀依然如故。本年亦不見加劇，請釋錦注，兩腿則斷不能走，非人扶不能走。同年齡者多人患此。去年七月初為八十歲—實歲。碌碌無所貢獻，祇自愧耳。匆此即頌

健康！

雁冰 一九七七、一月九日。

于铭同志：十三日来信敬悉。政协秘书處不以舍下地址见告，乃例行之事，幸勿介意。此次失却晤谈机会，可惜。您或者还会有机会来北京。至于我，衰老多病，惮于行动，未必能到南方了。舍下地址为「交道口南三条、十三号」。有暇尚祈时通讯为荷。照片失却，小事，兹附奉去年所攝小影一幀，以為投桃之報。即頌健康！

沈雁冰 一月十九日

雷振兄：頃七日信收，又且本月，人事匆忙，未能即覆為歉。尊論過去寫的歷史劇、電影等缺點，很中要害。它們的作者實未完全掌握史料，是其毛病之一，而若干歷史劇作時即有借古事以強調當時之政治的需要，就顧不得委曲古人或誇大其歷史的作用了。此其之病二。你所寫《李自成》之出版，將在此等方面開一新徑。我略從信中所談藝術方面有关問題，只是泛泛而論，無甚深刻見解。如出來甚恐會引人發笑，姑不論今尚非其时也。我很盼望「李自成」第一分册能在春节前問世，以供快睹。春节后如果天暖了，我不至于像现在那样會感冒，甚盼递来談談。敬此即頌

健康！

沈雁冰 一月廿三日

又：碧野兄来信，说决将他的书交人文社，頃闻人文社已表欢迎，但願青年方面不再有反覆。

予銘同志：：吾古函敬悉。得您全家照片甚為高興。料想两个孩子现在都成人了，而且读书呢，或已参加工作了。我随信寄上一帧全家的照片，也是去年摄的。右边的一男两女都是孙儿、大孙女参军，现在我身边工作，孙子在师范大学学无线电，小孙女是大学生。儿媳是在人民文学出版社，儿子是解放军。承告将选我以学辑之红楼梦！

资料三册，预先谢谢。水浒资料借来出版，杭州师范有红楼梦资料一册（或两册）他们送给我一份，那是去年的出版。

鲁迅信中所说将为英文版写序，此英文版是史沫特莱搞的，我曾见其稿本，她那时说将设法在美国出版，其是中国人，同时她又在搞一个中文本，这个中文本于一九三八年在中国由界斯勝出版，那时鲁迅逝世已两年，而史也去，致军邮司令部一年了。所以她始终未见到文本，而那个英译稿本因战事关系，也未去美国出版。解放后我们自己搞了个英译及法译，但在一九五〇年前我在国外遇见英、美、法人士，他们说他们国家研究汉文的，都以中文本作为读本，至于我国之英、法译本，他们认为以译文来说，尚有可讨论处，当

时西欧一般读者觉得卅年代的东西已象明日黄花，只有研究中国文学（还有外交官）则要了解五四的中国革命运动等等）的人们是有兴趣的。不觉写得多了。前些日子北京大暖暖，近些时，仍在零下，今年全世界气候反常，全世界都特别冷。匆此并颂

俪福！

沈雁冰　二月廿日

德沚

雪垠兄：得二月二日手书未即覆者，因困於腹泻，且待李自成二卷上册也。昨已得上册，尚未拜读。腹泻稍可。惟写十幅容天暖日长时为之，字写得坏，聊以留念耳。匆此即颂春节愉快。

雁冰 二月十七日

春节（初二）下午二时政协举行联欢会，我要参加，这个时间我不在家。

雪垠兄：十四日大函敬悉，春节有些人来人往，迟至今始覆。「李自成」二卷第一册之问世，当然会引起广大读者（包括老中青）之注意与欢迎。广大读者实在渴求看到不是十年来那一套「帮八股」以外的东西。但迄文学评论者还无暇及此，而且他们职责所在，首先要评介工农兵反映工、农业之作品，大作之長會使他們却步，而况要求必对三一百年的歷史感興趣，恐怕他們对七十年之辛亥革命也不見得感興趣，这也怪不得他們，單是評介二農長作品已經把他們搞得精疲力盡了。何况一部分中年評論又被紅樓夢、魯迅研究拖住了手腳！。

古典对四人幫割断歷史，妄言近代中國文

学史的發展，魯迅以後就是江青，那是他
們為裝潢其權輿論，抬高身價
之一術。現今高喜其盛武者大概不多
了，但要如兄等論那樣對中國近代文學史
作出合乎辯証的論斷，大概還要過幾
年罷。總說「天京悲劇」能否寫作沒把
握，但願總能在五年內寫完「李自成」、
則「天京悲劇」一定可成。總在前年

赠碧野七律结句，有惆怅之感，然并无事实也。写长篇的，近有浩然，不过青年一读者就说金光大道不及艳阳天，而金光大道尚未写完。

有事来了，此信只好这样草草。

匆上，顺颂

健康！

沈雁冰

二月十九日

雪垠兄：大著之一卷上册兩種版本及
中册一種版本及手稿均悉。彩色封
面本自較佳，紙張也較好，如此巨著，
今得問世，皆拜毛主席拯援之賜也。新
華社英國內外消息不可少。外國人
總以為兩年來只有樣板戲，而不知
埋头若干年大有人在。今將恍然矣。我
們為喀嗽附著，中西打至迭，竟無速

致、中医说老年人支气管炎发作，
往往有拖上二、三个月者，医院也遇一
老者（大概廿年了），说已个月，天天上
门诊部注射，仍未见全愈，大概要
到天气真正转暖，自然会好。
专此即颂　健康、

沈雁冰　三月七日

雪垠兄：二月二十日来信敬悉，因咳嗽困扰，迟复为歉。大作「春节感怀」及克家、荒芜二人和作，拜读后对兄之乐观，不以为然，兄虽满头白发，但精力甚旺，何愁不能完成「李自成」，继而完成「天京悲剧」也。荒芜诗末句对兄之称誉，嫌饰过当，删不敢当。日来亦诌一首如下：

雪垠兄以「春节感怀」见示，步韵

奉和，

壮志豪情未易摧，文坛飛将又春回。
频年考史攒迷雾，长日挥毫起迅雷。
锦绣罗胸仍侍织，無情歲月莫相催。
高龄百廿君猶未，桢径斜应过两台。

聊博一笑。即頌

健康！！

沈卿冰 六月十五日。

雷琨兄：三月廿六日函迟覆为歉。「季」二卷下册收到，谢谢。新书尚未拜读，因为我是「春夏读书」的，取其日长，阳光足，对我眼睛方便些。晚上则不作任何事，看电视，听广播，如此而已。总计划于八〇年前写好「季」的后三部初稿，工作量可不小，但我深信终能完成，如果没有意外的周折，现在一般人写作，都以能一年时间内写这些五、六万字，据说还有不到此数字的，总年近古稀，还能这样快写，实在少有。总觉得不一定有把握如期完成，因为究竟年复一年老了，自然规律不饶人，不过，自然规律也有其法则，像总这样体质的人，七十五岁以后方感到年令的壓力，我在七十五岁前也不服老，不过那时无事可為，现在则精力体质不济，写封信都一直也會感到吃力。前年还能一口气读这二卷初稿，并写了较长的感想，现在也不行了。总之，祝您诸事顺利，在八〇年前完成计畫，匆此顺颂

体福！

顾冰

五月 日

予铭同志：七月来信及鲁集外集拾遗注释铅印油印稿等四件均收到。铅印油印皆中字，而油印字迹不清，用放大镜始能阅读。我左目失明，右目仅0.3的视力，阅读中字书困难，进程很慢。无能提意见，难以仔细，且原文未附在注释本上，而拾遗原文印本亦是中字，望之生畏。现在只能就注释及「意见摘录」

每日看一点，可补充提高，见者即原印稿上注明，否则再仔细了，估计五月末可以做完寄上。先此函达，即颂

健康！！

先师承 四月十七、

来函说我对鲁迅情况及五四、三十年代情况很熟，其实不然。只能说略知三、四，但年代久远，老年记忆力差，大都糊涂恍惚，写不准了。又及、

虔谷大姊姊：新年春节惠书及本月廿三日手翰及山水画均收到。谢谢。近来杂事多，又肠胃失调，服中药，就把一些朋友的来信都没有及时答覆，请原谅。山水画甚好，远胜以前所作，珍藏以为永久记念。文联是否再建，此间无人谈起。我亦没有问过。私意以为过去文联实亦没有多大事情可作。现在机构，似乎不必再建了、究竟如何、大概要到本年第四季末期開过五届人大以後、中央方能就这些问题（包括工、青、妇的全國性中共一级机構）作出決定也。現在北京的仍有文联留守处（其實只一二人）附于原文化部宿舍。並无工作。您拔牙實在大胆、出血及腫当可早痊。我有牙应拔、但不敢拔、拖着罷了。匆此即頌

健康！！

雁冰 月廿九日

于铭同志：

四月廿五来信未及作复，因校注未竟事也。不料本月八日突发高烧至卅九度五，几乎送了老命，住院半月馀，昨始出院，积压函件甚多，现仍按序清理。已将集外集注释校完，有意见的供参攷者均剪取原件随函奉上。草草了事，聊以塞责。无须查原文，只就注释及专家所提修改意见，表示取舍何在，专家所提修改意见甚多，我采纳者仅若干条，其余不提及者即鄙见以为不妥当，或他们的意见修改原解题或注释者也。附此申明。匆此即颂
健康！

沈雁冰
五月廿二日

雪垠兄：

十一月十九日手书到时，我适住院养病，当时曾发烧至卅九度左右，现返家将两周，似乎没有什么后遗症。老兄找助手已得否？从信上看，合条件者恐怕不多。请您想过，北京似乎没有。武汉能找到么？但愿如此。就您在10年前完成「李」书初稿，您全力以赴，一定能成。顺颂

健康。

雁冰

十二月九日。

子銘同志：五月廿日來信收到，写好一幅，随函寄上，字迹劣拙，聊以為纪念，请勿示人。今年来左目失明，右目亦仅以三成视力，写字如暗中摸索，点划都不易齐，自觉吃力不讨好。如有人看见了转请您索字，请為婉辞。

函中鲁迅「亥年残秋偶作」一诗，您们的注释，我看来是不错的。长征胜利

到达陕北后，国民党还封锁消息，但並
上海之国际友人却已知之，史沫特莱告
诉了鲁迅，並建议发电致贺，我未见该
电原文，但知甚短，且文由史沫特莱设
法拍出。史用什麽方法拍此电，我不知道，
因为彼时事冗，我没有再问鲁或史，而
他们也未向我谈及。现在流行一说，谓史
将此电原文邮寄巴黎，再转陕北，此

乃猜测，但此报合乎情理。最糟者，现在没有人曾见此书全文，只上回下那一句而已。而此一句的出处则是晋冀鲁豫解放日报，时为抗战初年。听说该报是人民日报的前身，人民日报社中藏有该报合订。

敬复，即颂：

工作胜利，身体健康！！

沈雁冰 二月十二日。

雪垠兄：九日大函敬悉。光明日報尚未將您摘抄的大信稿子送來，您已够忙，却又為此化費時间。並蒙，摘抄八千字怕要化两天时间，您出手快，大概也要一天多。前此寄給您一信，想已收到。字写了两張，都不好。隨函附上，聊以留念。收到後請示覆，匆此即頌：

健康！

沈雁冰上

十二日

雪根兄：昨日寄出挂号信一件想已
收到。先们之第十月起昨已将通信摘
要送来，他们以為八千字太长，将选原
摘录之「伏牛冬日」、「河陵风云」都删去了。
家仔细研究，觉得此两部分谈艺术构
思及人物描写極少，删了也罢。他们打算
一期登完，所以怕长。我重读过去写的这
些信，觉得还是张虞的，而且用词

又似用古人评文评诗的陈词滥调，甚表明作者的尚未可知。姑识之，空气罢。前天有个人民文学编辑部的人（本不相识）来，问写时新的短篇中说的评论，我已婉辞之。谈起《李自成》，他说有些读者认为第二卷不及第一卷，真奇怪！他尚谢通信之甚表，倘若可以破此种偏见欤？匆匆不多及。顺颂健康。

沈雁冰 六月十五、

雪垠同志：前、十六日兩信均悉。光明文藝部已將摘錄原稿送閱，所改批語稿送來，因時間緊迫，不必另出清樣，係湯老人一段增添數百字，說明老湯此人原是一分為二，非全盤肯定為正面人物也。此蓋在光明文藝部係丹晨同志之請求，他恐讀者以為湯夫人那樣的封建女子不應太讚揚也。

關於讀者中有認為第二卷不如第一卷，尤其有定代表性，嘯於摘錄成用戰時語術要地點以前不統，但節省幾句話是不够明的，應先予發揮，但時間緊迫，難於急就，且摘錄已甚長，再加長，文氣勝將不能容，不如俟此摘錄登出後另寫通信，討談一、二卷之優點，各有所在，并無差別，況第一卷現在

行不多，舅知有好多人已讀了第二卷，渴
待第一卷之討論，故不妨姑緩，作第二
輪討論之準備。舅頗感先刊出摘
錄，以將收到若干不同之反映，或有必要
展開討論。若能則勝于無反響矣。
胡繩意見甚確當。他是有眼光的。我們
爭取他寫文章，先可應訪他。不多談了，
即頌
健康！
沈雁冰 六月廿一日

少蔓：

六月来信及前此来信均收悉。你身体还好，欣慰。我的确担心你病后便到农场劳动，怕吃不消。现在三夏已过，尔后的工作不会比前累，那就好了。两周来京中多雨，十分潮闷，忽冷忽热，幸而大家都没有生病。我出院后意外地忙，把积久的字债都还了，写了大小二十多件，还不够，意外的是来访者甚多，差不多平均两三天有一二人或一批四、五人。这些来访者多半是外地来的，例如上海来了两批，一批是上海某电影制片厂拟拍摄以杨開慧烈士为主角的电影，要我提供一九二六年春我在广州时所知道的毛主席与杨開慧的活動情况。另一批是上海话剧团，他们要排演八一南昌起義的剧本，也来找材料。北京黄鋼他们打算编个诗剧，也以開慧過去為青用，也来找我談。此外就是魯迅作品的一些注释組紛々来要求為他们注释中遇到的問題提供解答，這方面最多。外地寫信来問的也不少，至今未有尽期，其实我所知有限，何能為力。北京魯迅研究室的一些人，好象他们雖同屬一室而各自為謀，找过幾次，提了許多問題，四、五人同时记录，費时兩小时至三小时，結果把地手稿整理後寄来，一看是莫明其妙，记错的不说，最糟的是文理不通，至于原来是不肯定的语气都变成肯定而生硬，那就更多了。而他们还说有许多问题未曾谈到，要求再谈。我实在没法，只好写信告诉他们，记录错误多，而文理不通，我化了时间改，跟谈话时间一样多，倒不如把问题书面寄来，我书面答复，可以少化一半时间，不如来访了。这封信仍希发生作用，他们是鲁研室的一支，不来了，也没有提出面问题。关于鲁迅的，还有上海一话剧团为编一个剧本，周游了省市七八处，找到我及北京其他人。其实他们去别处找的人不过从前听过鲁迅一二次讲课或通过一二次信的人，现在却夸夸其谈，以鲁迅战友面目出现，实在令人啼笑皆非。又，关于鲁迅给我的九封信的原稿，（此为文化大革命时上海有人收藏，为四人帮知道后即由姚（文元索去），也找到了。是在公安部，查办姚蓬子案件的。于是又来找我两次，要我解释信中说到的人（只用一个姓或化名）和事；这回是鲁迅博物馆来人，他们程度高，没有误记，不比鲁迅研究室的人是各有调来，（中学教员，也有工厂的業餘理论组的人〕比較麻煩些，總之，出院一个月来，的確是意外地忙，但居然不生病。至于约稿，有「世界文学」，是特写了一篇，是他们出的题目，鲁迅介绍外国文学的宝贵经验。又有文化部文艺研究所来约，则我打算不写了。老了，~~眼~~視力又差得很，不能看中字书，看了前章，都随看随遗忘，而现在的作品又长，真不好办，只好敬告不敏。多多问好，爸爸留 七月雷根兄：

五言函敬悉。丁力同志囑寫字，自當遵命，他的詩，我可不改去，日來頭悶，極不舒服，容後日寫就，當奉告。何其芳同志忽然病故，想有所聞。他們學部定於一月四日開追悼會。想來兄要去的。屆時，一些老朋友亦可晤面，但追念未

淨園之歿，不免傷感耳。建議兄應檢查身体，徹底檢查。匆此即頌

夏祺！

沈雁冰 七月

廿八日

汶炜：七月廿日来信，昨日收到。可惜，我家仅有的一间客房早有人住了；她是女婿的亲戚，请来照顾我的小孙女的。女婿是今年五月底就到干校劳动，期为一年。家中无人照看丹丹。阿姨早出晚归，我同他除了星期天，难得见面，家中人少，白天只我一人在家，而我又是行动不便，两腿酸软，不

料結之，走一步要人扶助），自然沒有母
親照顧小丹丹了。這位親戚不但管
教小丹丹，也招呼老家。她是退休人
員，又無子女、孫輩，需她照管，所以肯
來幫忙。你們想來北京，今年不行，
明後年行。而且今年尚未解除地震
警報。專此即頌
健康！

鴻
八月二日

佳谷大姊：七月廿五日函敬悉。有过一次烧至卅九度五的大病，但总算挨过来了。医生想我再发这样高烧，谆谆嘱咐，不可着凉。北京多雨，忽冷忽热，老年体弱者防不胜防，尽其人事而已。但潮湿实在难堪。万事通顺，天气却极不正常。刚抗了旱又要抗涝，衣物则要抗霉。我是人也发霉了，终日愔愔然。承询庆祝毛选第五卷的诗，并非诗，而为满江红词，曾刊本年四月号人民文学。至于评李自成小说，则是两年前读了雪垠原稿时随便给他的十来封信，有若干被摘要发表于光明日报。如此而已。学友云云，见仁见智，但此书印十万顷刻抢空，纸张紧，仅能印二十万；又已卖完。闻今冬或明春新版将印五十万。书自有其可贵處，但亦足見四人幫統治文藝十年，造成期刊之枯燥單板，故見新書有新風格，群趨之如大旱逢甘霖也。我願寫些東西以為壽，可惜寫得長了，所無力寫成冊頁。秋涼或當努力為之，祇待閒。

順頌

大安！！

沈雁冰 八月五日

曹靖華健在，今年八十，猶能走，不像我，我就是半身子躺在棺材里。

又及

霽根兄：十五日信敬悉。今日又在光明日
報看到您的文章，似乎没有說暢。近来
常聽說第一卷勝似二卷，又說二卷文章
不似一卷簡練等等，有个宋謀瑒（我不認
覺嘗
也知此
人。
其人，前數年他以注釋魯迅舊詩通過
信，是个好立異說的人），来信則說麻史學
者無見不同甚多，卻又不詳說，不知是有
所聞否？。最近来為雜事纏身，也忙

日很。下午又以如有时间，拟就历史人物之现实性与虚构性之合理的结合一端写随感式短文数则，以破一般对学作之形而上的议论。您以为如何？您阅读之史料（除明史、倭寇纪略等而外），尚有那些，请见告。我写该文时可有立底。

考察旅行大有所获，敬贺。写历史小说而如此得其真者，我看尚无第二人。这一点，将来我们的短文中代为表出，以为如何？我现在有两部文债要还，一是子夜重印，出版社一定要我写新的后记，二是人民日报战地约写关于鲁迅研究之形而上作风，也要求破。这两者，下个月内要交卷，关于李自成的，也是早已答应了先阅的。徐民和来过，我告他不值得，但他坚持，只好读了一些。匆此即颂健康、

雁冰 十月 首

于铭同志：来信迟复为歉。有些事我也记不清了，只能简单回答。

一、当时社会史论战，可查当时的刊物，我也记不起是什么刊物。论战的参加者不光是托派，也有当时资产阶级经济学者，他们的论点相似，即中国已进入资本时代，那就是说，当时的一些民族资本主义已经发展而摆脱官僚买办资产阶级的控制。当时左翼社联的人驳斥之，论战由此而起。

二、多头、空头，其实看小说中所写，乃知其意义。简言之，吸进公债者谓之多头，卖出者（其实大多数做公债交易的人，手头并没有债券）谓之空头，因其手头并无债券而要卖出，故谓之"卖空"，到月底结账时，他可补进以抵卖出之数。他的盈虧，那时就见分晓。

三、一九二五年底到广州，二六年四月尾离开。当时，毛主席担任国民党中宣部代理部长，我任中宣部秘书，做毛主席的助手。中山舰事变后，汪精卫出国，毛主席也不担任代理部长，我遂回上海。只商务印书馆当时有个罢工委员会，我是其中之一。

即致敬礼！

沈雁冰　十月　晋

清吞古妹：古函敬悉。拙作竟见

笑大方，字犹拙劣前，加之目力弱，笔

画常看不清，拙中又加谬误。而古函将

饰过当，不胜惶恐。倘有人单看到您的

信，毋定将以为讨好字写好了。国学

近来看到一些围绕着鲁迅写的回忆，

有些鲁迅在北京教书时的门卿青年

作者（现在也都七十左右了）写的回忆，真好玩。而一些解释鲁迅旧体诗的文章则刊布土学究见识。大概鲁迅是不会看到这些东西的。我也被迫看它们，因为都把刊物寄来，请我表意见。我只好不一一作覆。说话困难，说实话呢，将以为我浇冷水；叫好呢，那不是说谎么？匆此即颂

健康！

沈雁冰 十一月廿二日

雪垠兄：十二月廿九日手示敬悉。您接受了红旗杂志的要求，确是政治任务，只好暂停小说的写作。估量论文一定长，所以要连续刊载。但您出手快，同日至多半月可以交卷。这篇文章一定轰动，拭目以待。徐民和同志曾来谈过两小时，（两三个月以前），后来他整理了谈话记录送来，我的小孙女对他说我尚未睡醒，

（午睡），他留下材料就走了，我看了材料，
又看了他提的问题，却感到为难，一则
有些事我也记不清，二则都不是谈二、三十分
时可以了事的，而我实在时间精力两不
许可也。现在请转告他，自下周起，他可以
先来电话约好时间，拣主要的谈一谈。
匆此即颂
健康！

沈雁冰
十一月一日

雪垠兄：想来正忙于写《红旗》所要的文章。我为拔牙，经常去医院，一去半天，为此而忙，但愿早日镶好假牙。兹因李准同志托写郑州文艺四字，而电话中听地址恐有误，故寄上请①即转交，因为他说郑州来人三、五日内即为索也。此致

敬礼！

沈雁冰 十二月十二

清谷吾娣：兩接來信，今始作覆，本她疏懶，同時也是打雜事多，把覆信一事，推在一边。來函提及魯迅書簡中提及魯迅的一个女友，（請她吃飯），于是訪問者也晤面此人，提及種種問題，請其回憶。这樣的研究魯迅作品，類于漢儒考經。但是我在別処看到一段考証，則對此曾受魯迅招待吃飯的女性，亦有微詞，谓鲁迅所以如此殷勤，乃是「敬鬼神」而远之」。这真妙绝了。如此谬语，无奈浪费笔墨。「译文」创刊词应该确定是鲁迅所写，不要把我拉进去，使我又要受访。纪念总理革命诗抄，闻有内部印行的，不易得，盖并無无出版单位名称印在书上，我见过一本。听说是部队方面印的。安复即颂健康！

沈雁冰 十二月十五日

子铭同志：
《钟山文艺丛刊》写稿事，短期内恐无以应命，因已有两稿待写也。请转致郑甚为歉。另挂号寄上《子夜》一本，此新版后有新后记，略述当时写作意图，或可供参考也。来信所询问题，答如下：

一、我是公元一八九六年七月四日生的。（农历丙申五月廿四日，但因旧时计时

與今不同，故合稱成一縣，有作七月廿日者）

六、故鄉，在清末爲青鎮，（本來是烏青兩鎮，隔河爲界），屬桐鄉縣，解放後兩鎮合併，名烏鎮，仍屬桐鄉縣，

三、一九四八年底從香港赴大連，（時已解放），又從大連到瀋陽，屆一个月，即一九四九年陽曆二月中旬由瀋陽赴北京，

日子忘了，記得是在瀋陽過陰曆年。

是一列专车

那时北京刚刚解放，由车赴京者百馀人，大都是香港赴东北，再候赴京者。沈钧儒、李济深，以及民盟民革其他成员多人，又郭沫若夫妇，我等两夫人在一处，皆同车赴京。

敬祝年禧，即颂
健康。

沈雁冰
十七日

佳谷如晤：去年十二月廿四日手书迟复为歉。近来不但文事忙，杂事亦忙，几乎不支。扶病而忙，非健康好转，义不容辞也。文联及作协恢复之说，此间亦有之，惟具体办法不明白。黄镇任文化部长已见报载，他又兼中宣部付部长。想来你也早已知道。春节转瞬即至，预祝精神愉快，身体健康！

沈雁冰　一月十九日

子铭同志：二十日信悉，著作尚未收到，
我这里原来有一本，可是现在找不到，可能
丢了。您可以引用我们通信中的一些材
料。如来京，当谋一面，来寓前先打电话
约时间最妥。敝寓电话44、4089、
匆此，即颂
健康！

沈雁冰 廿五日

于铭同志：信及书均收到。兹就书中有关事实方面之小小错误，另纸书呈，供参考。至于全书论点，我无意见。又，书中引陈伯达语，似乎可删。匆此即颂

健康！

沈雁冰 二月六

頁四：「在上海任国民通讯社的主编」，误。我从未任此职。中山舰事变后我回上海，仍在党领导下做地下工作。

頁又：頁底末一行「一九四九年北京解放后……」应为「一九四八年底，党中央布置在香港的民主人士秘密离香港到大连，转沈阳暂住。北京和平解放后，党派专车一列请所有在沈阳的民主人士到北京筹备政协会议」。

頁七：「主要是从事国家最高文化行政机关的领导工作」下，可加「写了不少文学评论，后辑编为「鼓吹集」，「鼓吹续集」。

頁九：「算学」均应改为「数学」。

頁九：「八岁时……」「体操」二字应删。当时该校无此课。又「教育要懂科学」的句明应改为

「由于教员不懂新学，故茅盾虽入学，却不经常上课，而由他母亲教他。」又此节中说该校课程有历史、地理，亦误。当时该校并无此两门课程；我父亲当时卧病在床，由母亲教我历史、地理。又此下一大段「同时，在进小学之前……」到页十「不近」为止，都不合事实，应删。

我的父亲因自修数学，从来没有功夫教我读书，在我十岁以前，都是母亲教我。

页十，「新民丛报」外，还有「浙江潮」。

页十关于我母亲的一段，应有如下内容：母亲姓陈，是乌镇名医陈我如的唯一的女儿，我如先生名驰杭、加、湖三府，白手起家，积资较多，把这女儿从四岁起就请人教古典文学。茅盾的父亲在订婚后到丈人家学医，

（十九岁）茅盾的母亲出探，受丈夫影响，没学当时所谓经邦济世之学，先习中国史、地，次习世界史、地等等，但不学声光化电。茅盾的父亲除数学外，也习声光化电，「格致汇编」是当时上海出版的期刊性的介绍西洋声光化电的书。

页十三：页底末行「……陶焕卿、范古农」均删。当时二中（即嘉兴府中）无此二人任教，二中的校长方青箱是同盟会中人，教员中有数人（为数几人的计仰先）也是同盟会中人。辛亥革命时，计仰先带学生军（其中有二中的高年级学生）进攻杭州巡抚衙门。方青箱任为光复后的嘉兴军政分府主席，二中校长换了人。校中民主空气没有了。

页十三、我进北大是十七岁（虚岁十八）上面的「十五岁」应是实岁，书中讲到我的岁数时歪曲事实，引一段：

页若：我不编《小说月报》了，原因是此时新旧派攻击《小说月报》，我在《小说月报》上作文反击，商务内的顽固派怕起来了，说商务向来不得罪任何人，要我停止反击，我不肯，就辞职。商务怕我出去后另办刊物与之竞争，于是坚留我仍在商务任编辑（归入学生国学丛书的《庄子》、《楚辞》即在此后编的），而以在商务编《儿童世界》的郑振铎继编《小说月报》，表示《小说月报》方针不变。郑振铎于一九二二年来上海，初编《时事新报》的《学灯》付刊，后入商务编《儿童世界》。

页48—49 事实是：一九二五年国民西山会议派勾结帝国主义占夺了上海环龙路44号的

房子，（这所房子本为孙中山私宅，是辛亥革
命后华侨送给中山先生，当孙中山改组国民
党和共产党合作时，这所房子就成为「上海执行
部」的办公大楼，其时尚未建立国民党上海市
党部），上海市的国民党左派党员去了
领导机构，于是党命令恽代英和我筹
组左派的国民党上海市党部，于一九二五年十二月成
立，另租房子为办公室。此时，国民党在广州开第
二次全国代表大会，左派的国民党上海市党
部选派代表五人去广州开会，恽代英与我
是代表。到广州之为十二月下旬，大会后，恽与
我被留在广州工作，恽进黄埔，我进中
宣部。二次大会选汪精卫为中宣部部长，汪
因已任国民政府主席，推荐毛
主席为代理部长。（不再重复，为协）我进
中宣部即在毛主席领导下工作。同时进

中宣部的还有萧楚女及二、三个广东左派国民党青年党员，後又从浙江调来了张秋人（也是共产党员）。中山舰事变後，毛主席辞去代理部长（汪精卫出国，中宣部长实际上无人，蒋介石请顾孟馀——北大教授——担任中宣部长），我和萧同时都退出中宣部，萧留广州，在农讲所工作，又当黄埔政治教官，张秋人（他原是浙江地下党省委委员）去编「政治通报」，我回上海。我是在中山舰事变後一星期方回上海，原文说「中山舰事变後第二天我即回上海」，与事实不符。

又原文（四页十八行）「那时的部长是汪精卫，後来代理部长是毛主席」，亦与事实有出入。可照我上面所述事实改此段。

雪垠兄：今信悉，第三卷已有若干章分别在地方期刊上登载，已都拜读，甚钦佩，恨所载太少。姜文「中国文学选译」一、二卷若干章，分三次登载，本年五月份或情则買迟将出第一次，他们要求我写篇文章论此书，书为外国人着眼，文已写就交给他们，当时我还在文中说，李书人物对话多按其人身份、性格口吻不同，译爲外文，如能先爲減色，此則過慮，該刊去年譯紅樓夢若干章，其對話部分最失敗。聞您將被"歡迎"到湖北參加省文聯成立會，如此則第三卷又將一擱。您不怕中間打岔，至于我，從前一擱就斷，霜叶紅似二月花即因被逼離桂赴渝，一擱了後，不願亦不能再續矣。歡迎薛~~華~~華兄來，匆上，順頌春禧！

沈雁冰 二月十日

子铭同志：来信悉。政协常委会开了三天，昨天刚结束，廿四开五届政协、五届人大，廿日报到。所以将有十来天的开会忙。趁今天有时间，作覆如下：

一、瞿秋白的一句话，可以不删。因为对瞿的评价，近来大翻案起就不同了。详情将来再告。

二、年谱的本是一九二八年七月间，在日先住东京，后迁京都，与姚韵漪同志寻所聘。一九二二年到松江景贤女学讲授有其事，时间仍为秋天。

三、离新疆时间应为六月间。因为我们从迪化乘汽车进发，借机向盛世才请假回沪料理家事，并在迪化设宴，当在四月尾。但盛世才表面上让我和仲实回沪探亲，还设宴饯行，但事实上却以没有交通工具（指飞机，那时迪化—兰州并无班机，只有不定期的便机），拖延了一月余，后来我们从苏联总领事处知有苏联大使馆专机将经迪化赴俄，我们就经总领事同意，搭此便机，盛无可如何。

四、在西安遇见朱总司令，他要回延安，我们就搭上他的车队，时在六月尾。在延安住约半年，住鲁艺。沈霞沈霜都留延安学习。沈霞于一九四五年牺牲。

五、抗战胜利后，约于一九四五年冬经广州到香港转上海，（在港候船约一个月，其间曾往澳门，住表姊女家，其夫为医生，在澳极有名，共住了近）二十（半）天。一九四六年二三月到上海，访苏回上海后，于一九四七年十二月杪再去香港、

六、「走上岗位」，在重庆写，（内容大概是民营工业由沿海城市迁往大后方，未写完。登于何处，记不清了，我对此稿不满意，未留底。

我父名永锡，字伯萧、

七、「我的旧体」上所说往广州时间，不一定对。其实是二五年十二月尾。总可查国民党第二次代表大会何时开会，便可确定。因为我们恽代英等是去开会的。

八、新疆学院当时没有文学院，那件宗回忆有误，但我所教是「社会教育」，讲义自编，并不教「创作基本知识」或「语文」。我在新疆还有其它杂务，如「新疆各族文协联合会」主席，（「新疆各民族」包括汉族）另有一个文协，我去后，盛世才即派我做主要工作不是教书，而是由办这个联合会，联合会是我到新疆后方成立的）作某文化协会会长，这也是我到新后成立的。还任「文化训练班」主任，每周去讲话一次，等等、

大概如此，借供参考。

沈雁冰 二月十九日

雪根同志：

四月廿日函悉。您也用腦过度，使成头昏，實為要慮。創作是最耗損精力的，況且您將近七十。我以為寫小說比寫新詩难得多。近来風气，新詩貪长，抒情高歌，激情感人，但不耐咀嚼，没有再读一遍會有新的意境感人更深。尊意以為如何？

條為江曉天同志寫小幅，並奉上

請代轉。「藏遼紀事」閒暇當讀、

近來客人甚多，為此分心。而夜間又

不能看書，因眼疾之故。左目早告閉，右

目〇、三視力，估計兩三年後亦將失明、

此為自然規律，非藥石可療也、

匆上，即頌健康！

雁冰 五月三日

于铭同志：二月廿七日来信及本月五日来信均悉、廿八日信收到后刚碰上一些事情，耽来了回读），又因信中所问多点，如「林家铺子」的林老板原型问题，不该我来回答）所以且搁一下，至于我说的一·二八上海战争后我回家奔丧回乌镇一次，「林」、「春蚕」、「当铺前」即此时所写，那是当时写文时的「托」词，回家奔丧，（祖母故矣）乃二十年代事，「林」、「春蚕」

等写作时，我已无回乌镇之自由。这些短篇是追，我在上海定居（那是在进商务印的第三年）前追过去所见所闻而写的。《春蚕》是因我祖母喜养蚕，（那是我未进中学），亲身所体验而写的。抗战时（大概在重庆）我写过一篇《我怎样写春蚕》（那时被逼写的，因为要支持当时的一个刊物《青年知识》）。抗战胜利后上海出版一个月刊《文萃》（民国卅四年十月

九日刊行）轉載了「青年知識」這篇文章。這

于「文華」的人編輯，該刊不載，看它內容一大

半是抗战勝利前夕重慶、昆明、成都所出

報刊上的（登过）文字，內容庞雜，我再也記有

這「文華」，新近有人拿来給我看，才知道我寫

过這樣個春聯。我也找到「文華」，上海圖

书館（专藏抗战前後的一些舊報刊的特種

圖书館）收藏者有之。

吴老太爷之死是一种隐喻，盖我当时隐寓说时未有此言。只是「子夜」开头吴老太爷死后，范博文（或别人）说：封建的古老僵尸到了殖民地买办阶级银行家、工业家的上海自然要风化了。（原文未查对），此是凭记忆写的）「经济学著作」云云，我当时未说。当时我只说一九三〇年中国经济问题之论战，此是我做子夜原时记之后的再补充资料中说明比较明白。关于这时期党史（大革命时期我的活动，上海出版社编辑部拟删那就随它删罢。其实，自从五、六年前，就有各地的革命团或馆持函派人访问我于一九二六至广州、一九二七年至武汉的见闻及工作、他们都说是准备参考的，今年起，来者更多，应接不暇，前言碰上一些事情，也为其中之一。瞿秋白们事有何确结论。访广东回忆解放以后，可能有记忆不真，前次事情，而且鲁迅与朋友书信或短谈，许不定都在场，事后，鲁迅好像也不会向许详细复述。我前信说瞿的问题有时间我可多说一点，这也待面见时说罢。因为牵涉许多人，而主要的周建人又极力否认当前时外间所传他对外宣说的话。以上回答这二月廿日来信。

本月四日来信，请您将力争保留以群原

像，其实无力争；以群问题未有结论，因需要平反的事，各地都很多，上海尤多。现在也平反曾被四人帮囚禁，迫害至死，或残废的人。自杀，在党看来是反抗，罪同叛逆；要平反，因放在稍后了，在他的书上登了以群的像，要即许恢复名誉，但出版社自然在未得上级明白指示前不敢自说为之。瞿秋白事，前已谈到，此不再谈。还听说的主席逝世前对瞿的问题曾说过一句话，我未有所闻，此间亦从无人说起，想来是谬传，光明已登评了子夜之写作，评了杨之文名界也是光明的吗，怕未必登而将转交其它刊物。光明之今后将作为科技、教育书刊，此已见光明的改革宣言。

匆覆，即颂撰祺，

沈雁冰 五月七日

近二个月的忙、乱，前所未有，而本月中旬又将召集文联、作协恢复会议，各省都派人来，那又得忙一阵了。

默涵同志：前次给您看的冯雪峰于六六年写的长自述，请您還给我，我要查一查其中一些話。因为鲁迅博物館附設的鲁迅研究室有人（荣太之）来信，説他们搜集了一些两个口号論争的資料，编成一个专集，但「上月底文物局领导告知我们説，中央不准出」，可是他们（鲁迅研究室的人）以为既然提倡百家争鸣，就一定要出。説是在第四期。他们拟把七四年访問我的记录加在里头。但当时我尚未见冯雪峰的长篇自述，故有些材料未谈及，现在既然要出，我就要根据冯雪峰的自述中的材料，加以補正。「自述」用过後，仍可以给您。

此致
敬礼！

沈雁冰 六月廿日

子铭同志：三月三日来信收到，因事忙不能即覆。「林家铺子」写作时间，与我「故乡杂记」无关。「故乡杂记」中所写的，大部分或竟全部是回忆，非回家一次的所见所闻。例如「春蚕」，我有「怎样写春蚕」（大概是此）被抗战胜利后（约为一九四五年下半年）上海出版的「文萃」转载，延始见之，原来发表于何处，我也记不得了。我于一九二七年前，即从我进商务到大革命失败后成为通缉「要犯」数十人之一后，这大约十年内，最初每年回家两三次，已四五次，后移家上海（大约是进商务后的第四年），即不常去。「奔丧」在一九二七年以前。二七年以后，偶尔去一二天，（因我母亲有时回乡，我送她去，或她要来沪寓，我去接），一九三六年十月我因母病回家，自己也患痔疮，故未能参加鲁迅丧事。「林家铺子」决非回家一次所写，正如「阿Q正传」不是鲁迅回家一次所写而根据回忆也。还可以告诉你，「林」原应申报月刊创刊号之请，（他们只要一篇小说不出题目，但又怕内容太激烈），题名曰「倒闭」，主编申报月刊之俞颂华（此为我老友，是个进步人士）以为创刊号上登「倒闭」，似乎不吉利，商我同意改为「林家铺子」，你如能查得「申报月刊」创刊号，即可知与「故乡杂记」无关也。匆此即覆，顺颂健康。

沈雁冰 三月二十日。

沙博理同志：五月廿曾来信，馬尔
茲洽德以打印本也讀过了。荒蕪同志
有信来，說他將把馬尔茲來信給你們看，
請你們推動馬訪華事。我上次曾給荒
蕪信，說請馬来華最好由友協或文聯、
作協出面，並通过外交途徑（我駐華盛頓
联絡处）与馬面洽，較為鄭重。不知你們意
中如何。你們最近来信，未談此事。文聯或作协出云恢复活动，实际上只出门旗，挂出社借两间房子办出，连牌子也没法挂出。看来短期内房子问题无法解决。文联、作协办事人也有三、四个，而事情却不少，要文联筹备小组十七人，都要有些解词，分不出时间来。我是一则年老，二则斟事也多，明天就会见了瑞典客人，那是友协请来的客人，他们已和周扬、孔罗荪谈过，他们要求和我会见。我觉

所請馬事，是由友協出面報的，他們人
馬又多，翻譯也是有經驗的，而且人也多。
夏衍今為友協副會長，打算寫个信
給夏衍商量。但日內事忙，明日又有寅
虞貴友安放儀式、要到八寶山，一个下午時
間就此耽擱了，只無法寫信給夏衍。
後有信給（丙）馬手跡事，請代我問候，訪華
事，言已由中方協商，由日方出面來定云云。

沈雁冰

廿九日

風子同志均此致意。

子铭同志：八月十二日手字及抄件均收到，谢谢。北京天气也热，前昨日大雨，稍凉，但今已放晴，不知是否晴了几天又将热。向来的北京立秋后，下一次雨就凉一点，今年则反常。南京近来仍酷热否？请多珍摄为念。即颂

健康！

倪征燠 八月十九日

子銘同志：

廿七日信悉。衣、食、住三书当日掛号寄来，想可收到。上海方面，有人代为收集，已買旧衣、食、住第二版。你在上海事忙，琐屑事不麻烦你了。近来我收集旧作，因为要写回忆录。此事难在不看从前所作文章，则有些事难以核实。而从一九一八年起至一九二〇年我在上海各报付刊及商务各杂志发表文章之多，出我记忆及者数倍之多。这个回忆从我的家庭、外祖父、母，母亲、父亲等写起，然后是学校教育，然后是职业生活。现在先发表的是商务编译所生活（内部发行之「新文学资料」第一期内出版）。一些大专院校近来搞了些茅盾著作年表等，错误很多。皆因他们未查原件，只知篇名之故。对于我的家庭及其它活动也有以耳代目之病。近来杂事甚多，有些事是想不到的，例如路易·艾黎译了白居易诗，我得写篇序之类。

敬此即颂

健康！

雁冰 九月廿九日

雪垠同志：大函及高作李自成自何处入豫均拜读。写好第三卷早日出版是第一要事。有人担心您也快七十岁了，恐不及完成全书。崔嵬、李准曾来谈过，他们信心很大，但外边说短道长者颇亦不少。张葆华同志来时，我当举以相告。您自己来，倒不急，总以写出第三卷定稿为要。即颂健康！！

雁冰 十月十日

清阁同志：来信及附件均敬悉。新文学史料编辑楼适夷同志到四川去了一趟刚回来，昨有信给我，说他去了解情况，既有此误，现已将我转给他的您给该刊编辑部的信交编辑部提出「采取适当措施」云云。我已将您此次给该刊编辑的信又转去了，让他们综合两信，来一次更正。适夷此次信中亦说已函您道歉，想已收到。海译文学上您的文章已看过，我忘记了抗战时在重庆时逸从红楼梦改编过那些话剧，祝逸新编的早日成功，除黄表外，（似可给收获），争取演出。重庆时期，我有那些活动，我大半记不清了，将来回忆录写到这一段时，觉得没有多少话可说，请逸清閑时提供一些材料为感。文代大会逸当特邀，一定。请来参加，千万不要为锡金一事而灰心。锡金此人真的奇妙，完全可说是不学无术，他把鲁迅的自题小像诗解释为个人恋爱問题，（即与许广平恋爱），为有识者齿冷，却偏偏有个单演义（西北大学教授附和他，真可谓天下无事无独有偶也。我是怕写信，打杂忙，除因写回忆录要翻阅许多旧材料，人来得多，又有外国人及美籍华人（他们都是美国大学的教授，专教中国文学的），来访问。文代大会推迟到本月二十八日，主要是十月中间有各民主党派会议（三千人之多），高等军官会议等等，把好旅馆都住满了，而文代大会老年人多，亦非住好旅馆不可，故推迟到本月二十八日。匆匆即此顺颂

健康！

沈雁冰 十月十三日 一九七九年。

还要我写的条幅，现尚未写，文代会时面交。

子銘同志：信及《中國現代文學史》收到了。尚未全讀，提不出意見。但关于我的一部分，頁255說「用駢文翻譯的美國卡本脫的科學著作，『衣』、『食』、『住』等」，其中有不合事實之处：一、譯文並非駢體而是雜有駢句的文言文（非桐城派）。我在回憶錄中說「駢文气味相當重」（未查对，大意如此）。二、「科學著作」應為科學性的通俗讀物。因為衣、食、住內容是自古以來，世界各地各民族之衣、食、住之原料，方法、（製作）與風俗習慣等。（即穿衣、吃飯、住房）

文266頁「子夜」德文譯本並非史沫特萊所譯而是德國的庫恩博士（Dr. Franz Kuhn）。匆此即頌

健康。

沈雁冰

十月十五。

雪垠兄：十四日大示敬悉。悔向阳的看法，我和你一致。人患重名见利，无远见，亦不可患得患失，他们之所以进退两难，原因似在于此。但我们希望他们看穿些，亦即今日所谓解放思想，过去的让它过去了，坦然自承当时看错了，那就放下包袱，人家也就没有话可说了。尊见以为然否？人孰无过，何况在这种复杂的时代。一失足未必即成千古恨。大家互勉互励罢。文代大会廿六日报到，三十日闭会。作协开会的我将有个发言，短短的，文题拟的温故以知新（特将成语中的"而"字改为"以"字）

想来看到了罢，尊见如何？我引用列宁的一段话，是希望写现代文学史的人们应持此以评价历史上的风云人物。事物是前进的，发展的，马克思不能预料到第一个社会主义革命发生在工业落后、主要还是农业国的沙俄，但不应因此就减少了马克思主义的科学性和创造性。在这核时代，马列主义中许多就当时科技水平而作出的若干观点，也不能适应于今日。三十年为一代，一代以后又有什麽新问题、新变化，现在谁也不能十拿九稳。世事如此，个人得失，又何足道，何必拘泥？您以为如何？匆此即颂健康！

沈雁冰 十月十八日

雪垠同志：长信收到了，迟复为歉。

「文学遗产」的写稿，我实在无法应命。旧稿既无，新稿则无时间写。事实也多，「壮门」实在困难，总之我已谢绝不少的采访者了。他们都是来访问于一些已作古者的事迹，例如刚才就有人到政协找我了解萧红，政协来电问我见不见，我只好辞谢，因为我对萧红并不太熟悉也。

至于发表我给您的信，我当然同意。我以为
您此次这封长信也应给人家发表，倒可
反映出您要加个上略，删去原信第一、二
三段便可。对于文学史的写法，我也有些感想，
但目前没有时间写。我的绝大部分时间都为
了回忆录和信去了，人老了，精神一年比一年差。
总想在两年内把回忆录写好，如果不能再活两
年，那就无可奈何了。匆此即颂健康。
（您这长信留底否？如要，我可寄回。） 冰心 一月九

涛闻同志：大稿早收到，我次拿取想看，又放下；无奈是眼力太差，这样的字我还要加放大镜（即在眼镜之外又加放大镜），方能看。字也太黑了，只好不看。等着看剧片罢。匆此

即颂

健康！

冰心

二月二日

清阁同志：承惠赠摺扇，谢谢。可惜扇的两根大骨都断了，无法黏合，邮局说，包装不合规格，不负责任。但邮局规定，此类易损坏之物，应装在木盒，至少也得用硬纸板做的盒子，而您像寄封信似的用纸包装，这就怪不得邮局了。然而扇子虽坏，我仍然感谢您。今年自出医院以来，身体不好。坐上半个钟头，便两腿麻木。体温也不正常，早上偏高，午后二时才低，晚八时又低。曾因小腿浮肿，服药多日，现在足部又浮肿了，又在服药。大便非用药不可。我吃的用是酚酞，促进肠功能的。走路必须人扶。出院后曾跌过两次，一在院子石阶上，一在室内，第二次更重，至今已将一月，左颊耳旁按之仍觉痛。匆匆，即颂

暑安！

沈雁冰上 九月十日

睡时有盗汗，此在医院中已如此。正在服中药。

清闲同志：来信及海传文献一本均悉。扇骨之断与扇骨之老无关。邮局不看一物而特别小心，另装一邮袋，上海某人寄给我月饼一盒，乃是传方铁盒，而直把盒弄损其角，盖邮局装袋代本时乃掷下而非轻放也。邮袋中什么都有，邮邮袋回到埠前卸货时也是掷远而非轻放也。承关注，嘱勿跌交，我没有再跌。因服安眠药今已克制也。盗汗完全止住有。先时以为盗汗者乃天热出汗，夜间不开间空调之空调，故热。祝好！

沈丽冰 十廿

德润同志：唐中隆去函，早已来院，春节前后有少数友好枉顾，又因他本年纪，未能早复去函为憾。支气管炎及肺气肿患者过冬不易。我独少出门，幸而尚无恙。近有低烧，曾到医院打了肺部四五年無事，五六年前，我曾患肺炎，而今犹说病，已变也，如上，即颂康泰。

茅盾上

一九八一年一月十三日

君匋兄：頃得君來函，説《圖的兒子》二版擬加用插画，即可付印云云，甚為欣慰。七月以来，开明付版税新法，足下想亦知之。鄙意此法对作者固有利，而对书店亦少了若干麻烦。高章经济宽裕，对於《图的儿子》新版之稿费能照开明办法一次付清，此款请即交芳境可也。结草则例请寄徽處。匆上，即颂

日祉

雁冰上 九月廿五日

「中國语文」雜誌社編輯同志：

三月三十日的來信和朱伯石先生的「歐化语是『语言雜遝』嗎？」一文，都已讀过。你们信上说：「我刊認為这是一个语言上的問題，擬对此組織一次公開討论。我们誠懇地希望您能参加这个討论」。对于你们的这个意見，我完全擁護。我这封信就是響应你们的號召。

請把这封信附登在朱先生那篇文章的[redacted]后面如何？

現在就把我对于这个問題的看法簡單地写下來。

「新的現實和我的任務」中関于歐化语的那段話，提出了兩个問題：一是濫用歐化语的問題，二是歐化语不是文学语言而是语言雜遝的問題。

濫用歐化语，大概是沒有人不反对的。[redacted]朱先生[redacted]的这篇文章中也主張「必須禁絕」濫用方言和歐化语，他也反对使用「庸俗趣味的歐化语」。既然反对的是「濫用」，是那些「庸俗趣味的歐化语」，那就並不是说任何歐化语在任何场合都不可以用了。「对现实和对的任务」提出的第一个问题正就是应当而且也只能这样理解的。推进一步说，这也就是：即使欧化语「不过是语言的游戏，并不是文学语言」，如果用的适当，（杂造那些适当的欧化语用在适当的场合），也是容许的。但，也不能由

在这里得出结论：欧化语不是语言游戏而是文学语言。

在第一方面，欧化语是「语言游戏」，而不是「文学语言」，却也并不完全排斥有些欧化语是简练而生动的，如果用得恰好，可能对于作品有好处。

这样看来，欧化语的是不是语言游戏，是不是文学语言，是关于「欧化语」的本质的问题，而有些欧化语用在作品中会产生好的效果，却是一个在具体情况下适当地运用欧化语的问题。

这两个问题必须区别开来。我们不能够因为在具体情况下适当地运用欧化语是可以容许的，而就欧化语是文学语言，

正为我们不例因为在具体情况下适当地運用方言、業務上用語、技術名詞等等是可以容许的，而就承認了方言、業務上用語、技術名詞等等也是文学語言。

方言、業務上用語、技術名詞等等不是文学語言，这一点，大概是没有什麼争論的。可是在歇后語这个問題上，却有了不同的看法，这是什麼緣故呢？

我以為第一因为我们对于一般被称为歇后語的詞兒缺乏分析的研究，把有些实在不是歇后語而是可以算做「隐喻」的詞兒也混称为歇后語，第二是因为歇后語本身上是語言的游戏。

取例不妨遠些，就在朱先生的文章裡。朱先生的文章裡引用了「水蘿蔔—皮紅肚白」、「趕麵杖吹火—一竅不通」、「泥菩薩過江—自身难保」、「隔着门缝兒瞧人—把人看扁啦」，等等，都算做「歇后語」，事实上，我们一般地也都把这些詞兒称为歇后語，不獨朱先生为然。可是，如果我们把这些詞兒和另外一些也称为歇后語的詞兒，例如「外甥打灯笼——照旧（舅）」，「乡下人不识桂圆——外行（黄）」，「屁股上带帽子——[illegible]」，等等，比较一下，便可以看出其中的不同：前者是属于「隐喻」这一类的，这就是从一件具体的事物联想到另一件带有谐音性的事物或道理），而后者却只是在谐音上逗出「谜底」似的意义，前者的上半截（例如泥菩萨过江）与下半截（例如自身难保）有逻辑上的联系，而后者则上下两截并无逻辑上的联系，只不过从谐音生趣，因此，这是语言的游戏。

正因为在一般所说歇后语这范围内，实际上混进了可以算作「隐喻」的一类的词儿，又正因为「歇后语」（不是「隐喻」式的）共存立的条件是语言游戏，这就使得歇后语得如表面上一看和方言、业务上用语、技术名词等大不相同，从而所说歇后语算不得文学语言就不难以为知了。

也正因为习惯上把应当算做「隐喻」的词儿混称为歇后语，因此一听说歇后语只不过是语言游戏，就也大不以为然了。

在这里，打算带便说一说「文学语言」这个词儿的意义。民众的口语经过作家的加工的，叫做文学语言。加工这一件事的具体内容是什么呢？简单说来，那么，这就是选择民众语言中的词汇、语法，加修辞方法，不但要使用得确当，而且（这就是说，选择的目的在于达成形式与内容的一致），而且要创造性地使用它们（这就是说，要把民众语言提高到伟大作家的文学语言的效果）。这就构成了他的独特的风格。语言是带着「个性」的，这就构成了他的独特的风格。

对作家说来，「文学语言」既然是这样的意义，因而我们并不反对把歇后语作为民众语言的一个构成部分而加以采用，可是反对滥用。

但是歇后语对作家说来，「除了那些应当排入「隐喻」一类的），它还是语言游戏。

语言游戏的歇后语也有一些是相当巧妙的，（并不甚佳，）那种使人解颐的，这样的歇后语，如果在特定场合，用得恰当，原也不坏。（例如用于人物的对话中）。但这并不改变了歇后语之为语言游戏。

朱先生在他的文章中强调了使用歇后语可以增加作品的形象性，他从丁玲等人的作品中举了例。（他所举的例，几乎全是应当归入"隐喻"一类的东西，而不是歇后语）。这个意见，我也不能赞成。但丁玲他们的作品看来，无论是就环境的描写，或人物性格的塑造而言，其生动的形象并不是藉助于歇后语的。我有这样的一个见解：在正派人物的口中，给按上了歇后语，每每令人起不严肃之感，满口歇后语的人物叫人看了总觉得油嘴滑舌，不够正派。这也许是我的偏见。不过，一定职业、身份、年龄的人物，就得找恰当的性格、适合于他的性格、职业、身份、年龄的词汇、语调等等来构成他的对话，这是塑造人物的必要条件之一，这比采用歇后语来增加"形象的生动"，是重要得多的。

编辑同志：关于歇后语，我的意见就是这样。在这些意见里头，我提出的问题：一，是把"隐喻"一类的词儿和"歇后语"区别开来。我觉得，头顶着歇后语这一帽子的词儿们，除了可算作"隐喻"的而外，也还有属于其他的修辞格的。如果语言研究的专家把现在所有被当做歇后语的词儿搜集起来排一排队，加以分析的研究，我许是值得做的。在这样的研究工作中，也许可以澄清一下争点：歇后语的定义。例如我把"隐喻"一类的词儿不算做歇后语，别的朋友也许认为这一类的词儿歇后语正就是；如果把歇后语的定义弄清楚了，这类的问题也就可以迎刃而解了。

朱先生在他的文章中又说："我国古典文学巨著如『红楼梦』、『水浒』之中，就有不少歇后语用得非常好。"朱先生没有举例。写这封信时，我没有时间去查书，但总凭记忆所及，我所看的书是和朱先生还相反的。这原因也许就因为他认为是歇后语者，我则认为不是。

依稀记得，什么书上说过这样一件事：唐朝（也许记错了，不是唐朝），有个皇帝好为欧化语，宫中随相仿学，以为风谑。而宋、元、明的白话文学作品里头，欧化语倒不多见。

这两个印象使我发生了这样的猜度：欧化语可能是先在有闲阶级产生，而后流传到劳动人民中间去的。

再就自己从前的见闻而言，市井之徒嘴巴里的欧化语也比农民嘴巴里的多得多。当然，我不以为凭着这样片面的经验就可以下论断，我也不以为凭着「孤证」就可以断定欧化语的起源，我这猜度能否成立，还有待于专门研究工作者加以审核。然而，在「中国语文」打算就欧化语问题公开讨论的时机，我就冒昧地提出我的猜度，一以引起注意，一以就正于高明。

编辑同志，我这封信长了一点，也啰嗦了一点。我谢谢你们给我一个发表的机会。

顺致敬礼。

四月五日。

特别抱歉的是，因为日本稿纸，这封信里是信笔写来，应该当一当初稿再写的，也没有工夫去查，作为讨论的文字来看，是很不够的。

空了兄：

大函早已收到。现在張琴秋已经选出了四張潘民的照片，請照下列办法放大：

一、準備送给革命博物館的，四相各一張，共四張，尺寸大小請兄斟酌，總以掛起來不覺得太小就好了。

二、準備送给親友及自己保存的，每相六寸者各三張，八寸者亦各三張，共廿四張。

此外，每相拍於何年何地及相中人彼时何所为……等等，尚须过几日方能写成，那时再当送上。楊之華的，等她来过之后再当送上。如此即頌

敬礼。

雁冰 六月六日

空了兄：

兹代楊之華送上秋白的照片十七張，又手蹟照片十二張，後者如不能再拍，可印作前編，希照一律請印四寸一份。匆此並頌

健康、

弟 沈雁冰
六月廿五日、

附件如文、

冰夷同志：馬耳蘇的來信我已看過。今天抽空寫了覆信，并附上，請改正是否就這樣吞霞就可以了。翻譯后請速寄我簽字。

信中關于我的作品的部分，把我誇獎得太过分了。我不很滿意，因此，我認為不宜于給《外國文学情况彙報》上發表。因為，一則這是談中國的一些小說，而不是談外國文学，二則把我誇獎得过分了。

信中附有一件修改書，是對于他的作品 A Daughter Like a Bell 的一些文字上的修改，請速轉交翻譯者。（但這作品大概將附登出來呢。）

信中另附有一件名單，是要我們把「春蚕集」寄給這些人的，請你轉交給外文出版社。

祝健康。

雁冰 十一月十三、

冰夷同志：

马尔兹寄来一信，现在不得不回答了。兹附上信稿，请您设法找人译为英文。马尔兹原信亦附上，供译者参考。寄给马尔兹的信，以由出国转去为妥。现在把通信地址写在下面：

Mr. Albert Maltz,
c/o Dr. E. Bruning,
English Institute, Karl Marx Univ.,
Universitätsstr. 3-5, Leipzig C1,
German Democratic Republic.

希望你早点办好。祝健康。

雁冰
十二月十四日

白羽同志：转上《人民文学》送来的原稿三篇，这就是秦兆阳同志送来让我们看了，再在下周会上讨论的。这三篇就是编辑部中有争论的稿子。我昨晚仔细看了，并且做了点札记，因此失眠，今晨打草腹稿，我看这三篇都可以用。不知编辑部中反对方面的意见如何？我看还有些清规戒律，为了使下周的会不光是「领导同志」，我建议去作协而不在我家召集，并邀请《人民文学》编辑部对这三篇原稿而有意见的编辑同志一齐参加，认认真真而且透透彻彻来谈一次，解决一些看法上的问题。你看如何？我以为终于须要使参加那个会的人都把这三篇看过，各人根据「第一手」的材料来个判断。

我以为这三篇的作者都有他的前途

如果我们引导得法，这三篇的

作者都有驱使笔墨的必要手

段，而且看得来各人有自己的风格。

呵，写得多了，会上再谈罢。即此

健康。

雁冰 冒暑上午

附原稿三篇：「一瓢水」、「姊妹」、「爱的成长」。

附还马、刘原信各一封。

××（丹晨）同志：

接到转来的马、刘二同志的来信，诵读之余，受益不浅。我给雪垠同志的那些信，本来是读了《李自成》原稿后写成，思考不周，分析不深入，观点难免错误，所以十分欢迎读者指正。马、刘二同志就卢象升战死一节中所用"外族侵略"一语提出不同意见，我是十分感谢的。但是我们仍觉得这个问题并不那么简单。仍有讨论之余地。（至少我读后，我是抱实事求是精神看待这个问题的）。可惜我时间与精力都不够，不能就此问题与马、刘二同志通讯商榷，进一步聆听他们的见解。

如果你们觉得有必要把这问题弄清，请您求雪垠同志的意见，他对于历史上（尤其是明清之际）一些问题，偏有研究，我是十分尊重他的意见的。

我读了马、刘两同志来信后，初步的印象是：他们是从解放后中门书屋

党領導下的社會主義的統一的中華人民共和國的多民族團结及党的民族政策[redacted]的当今现实，而对「外族侵略」一语提出反对意見的。而姚雪垠同志是就三百多年前的历史事实的实际情况，[redacted]作了历史唯物主义的[redacted]分析，認為，卢象升死于反侵略，是值得贊許的。明朝末年，中国劳動人民（農民為主，包括手工業者），还有破產的中小地主，面臨着兩大任务，一是推翻明王朝，（这是階[redacted]級斗争），一是抵[redacted]抗满州奴隸主貴族的武裝侵略。（这是民族斗争）这恐怕是不容否认的事实。满州奴隸主貴族是要征服中国，奴役中国人民的，这正看满清征服了全中国建立大清帝國以后的種々軍事、政治、文化政策就得到了証实。在明朝末年，想像着中国劳動人民會認满州奴隸主貴族[redacted]為「同族」，恐怕[redacted]不妥罷？此所以推翻了[redacted]明王朝的農民起义英明的領袖[redacted]李自成之揮軍抗

簡直是不符合当时的实际情况的。

清，是符合中国劳动人民的愿望的。结果是满清奴隶主贵族的军事力量「联合了（或者更应该说是统率了）」代表中国大地主阶级利益的军事力量，打败了李自成，使得轰轰烈烈的农民与地主的阶级斗争以失败而告终。中国历史上的农民起义后的政朝换代，与李自成失败后的政朝换代不同，即清朝是外族，清朝全部历史是满民族奴役汉民族的历史。所以清朝末年，孙中山为首的革命家都号召反满而反对保皇党。结果是革命党战胜了保皇党，因为孙中山的反满革命是符合中国人民的愿望的。

以上云云，不过是我的简单的历史常识，信笔写来，并不是查阅历史、深入研究的结果。希望将此信转给雪垠同志一看，听听他的意见。

我还有一个建议，不知你们能不能试试。（在这以前，我完全可说服。）这就是请光明日报史学副刊就这个「外族侵略」问题发表一些文章，不一定从小说「李自成」谈起，只谈明清之际的两个战争（一即清奴隶主贵族对明朝地主政权的战争，又一即农民起义与明王朝的战争）的性质和相互关系，作出历史唯物主义和辩证唯物主义的分析和结论。如果结论正如马、列两同志所说，我是乐于接受，欣然承认「外族侵略」提法不妥。

又说满族早已是那时候的明王朝多民族政权下的一个少数民族——即"满族"，恐怕也不妥。

两封信都读过了。

我不想给这两位读者写回信了，原因之一是：时间和精力都不许可就他们提出的「外族侵略」这个提法进行详细的书面讨论。原因之二是：我对他们的说法有保留，但也不想和他们（尤其在外国报刊）引起公开讨论。

为什么对他们的说法有保留呢？

理由之一：他们都是就现在的现实（我们是一个多民族国家，也包括满族）立论，对「外族」二字表示不满；而我则以为中国之成为一个多民族国家，是有其发展过程的，在过去历史阶段，今天的「内族」在当时似乎还不成其为内族，因此，它们对于那时对中国武装侵略的民族，那种侵略是外族侵略；最明显的例子是宋代的辽、金、元（蒙古族），明代的满族。（原稿写的女真）。

理由之二：如果因此混淆了这种历史发展各个阶段的实际情况，而将现在的观点强加于古人，那么，历史上

（汉唐直到明）的许多抵御外来侵略的民族英雄都变成没有意义，而历史上许多媚外求和的卖国贼倒是值得称许的致力于「民族团结」的好人了。

理由之三：这两位论者大概不能否认（建立）满洲是以奴隶主贵族统治的国家，他们自己并不承认同汉族明王朝（汉族为主体）是一家，或同属一个「祖国」的两个民族。因此，坐定了中国而只有去清的时候，对汉人是十分歧视的、那么，我们现在却要把我们的观点加以于它，并以历史唯物主义么？

理由之四：如果照两位论者的说法，则李自成要推翻了明王朝以后还要率领大顺军出关作战岂不是极不合理的事，而李自成该不该是民族英雄了。

我想：这个问题——历史上侵略我国的民族应该怎样看待？本国的，还是外族？——需要历史学家来论定。你们何不有「史学」，你们谈谈你们的意见如何？

最后，两位读者似乎并不都否认闯来的「道表」实行了对汉人的侵略，因而也就不能不承认这侵略是外来的，他们所反对的是一个「族」字。这就好了。因为他们既不能不承认「满」和「汉」都是不同的民族，又不能承认是外来侵略，为什么这「所代表的汉人」偏要反对一个「族」字？如果我们都随便会有些涉外纠纷，用了「外来侵略」而不用「外族侵略」，那该不会引起责难罢？

唐弢同志：久不通讯，甚念。頃拟找

一七五期以前的《文学周報》，查一点材料，此

間不可得，不知上海方面能借得否？如果

有，敢请费神借寄，用后即当奉趙。

匆此，順頌

健康。

沈雁冰 六月十一日。

冯光同志：嘱写之文，算是写出来了。基本上是抄了你们研究（鲁迅与外国文学）的论点，但也有我根据自己理解而阐述的部分，这一部分我就自觉得没有把握，要请您以及编辑部其他同志们不客气地审核和斧正的。这不是客气话。老了，读书少，思想没有长进，久不写文章，自觉思想不开展，手也生涩了。

匆上并祝

工作胜利，身体健康！

沈雁冰 七月十日

陈稿写完一看，太长了。请删削为盼。

鲁迅还译了武者小路实笃的「一个青年的梦」，我想不提也罢。也译了爱罗先珂的「桃色的云」，你们也没有提到。想来由你们当时觉得这两本书的消极部分多，而鲁迅自己也没作后记加以分析，我们如果提到而加以分析，似乎不妥；因为这样一来，就不是「向鲁迅学习」而是「论」鲁迅了。管见如何？

清春吉姊：八月十七日信，遲復為歉。近來雜事甚多，不速之客亦多，覺得累了，腰痛也無間，醫說無礙，則亦聽之而已。北京秋老虎厲害，仍潮悶，昨起，早晚涼，有秋意。但白天出外，仍穿夏衣。您謂「李自成」中說暢銷，要我評價有关。其實不然。是阅日報看到暢銷，這才從雲根處索观我前年和他的通信，並請雪垠摘录一部分发表，这一天的光明日报引起注意，至今仍有向报社索此日之报者。认為我对此书评價太高，又认為此书第一卷胜似第二卷者，亦有人在，有一定的代表性。当然，一全求是，亦不合辩证法，书求全美，恐也如此。如果知道雪垠读过明末清初的官书、野史、笔记小说之多，及其分析史料，去伪存真

甚玉方志

之辛勤，而且他學習歷史唯物主義與辯證唯物主義之認真而確有所得，使會承認自來用歷史材料題寫小說或劇本者都不及雪垠之認真不苟，何況其文章也是以濟之，如果從這些方面想，則我之評價未免過高也。至於第二卷不及第一卷，恐亦是皮相之談，此點說來太長，只好打住。

「李」書已請定相當影，還得其台三部，

電影劇本正在编写中，预定于建国卅年周年时完成第一部，同时「李」书第三卷也将于此时出版。全书共五卷，四百万余字；第三卷初稿已具，将用一年多时间反复修改。未信谓「李」书据所史册略之记载，而演为百万字之长篇，盖未知其所据有之史料，倍于所史；李白成传者盖百千倍也。不是我狂妄，我在所史外，

读你、信之际，私人书作亦不少，但当根

所读信十于我。所以我也直写作时的甘苦。

至于书信组文字有措词处，诚然有之；

至于情节要项，则未尝；刻字故事有粗

话，正是写其佳格之一面。凡此等之指责，不

独绝有之，也有一些宅代表性，希望本百家

争鸣的精神，讨论一番，亦有益事也。复

此即颂

健康！

冼雁冰 七日

新通讯所得不太清楚，特请如封面、

图书在版编目（CIP）数据

茅盾珍档手迹．书信 / 茅盾著；桐乡市档案局（馆）编．—杭州：浙江大学出版社，2011．6

ISBN 978-7-308-08734-6

Ⅰ．①茅…　Ⅱ．①茅…　②桐…　Ⅲ．①书信集—中国—当代　Ⅳ．①I217．2

中国版本图书馆 CIP 数据核字（2011）第 100309 号